JN221016

おとぎ話は終わらない

登場人物
紹介
リージェス
『楽園』の最上級生で寮長。
寝坊の多いヴィクトリアを
気にかけている。
シャノン
『楽園』の上級生。
ヴィクトリアの後見を申し出た
ラング侯爵家のお坊ちゃま。
ヴィクトリア
天涯孤独で後ろ盾のない
平民の少女。学費、生活費タダに
つられ、男の子の格好で
魔術学校『楽園』に通う。
目立たず過ごしたいのに、
なぜか注目を浴びてしまい……

ミュリエル
シャノンの妹。
ヨシュア
シャノンとミュリエルの
祖父で、ラング侯爵家の
先代当主。
ベルナルド
ギネヴィア皇国の
皇太子。
オリヴィア
『楽園』の上級生。
学校行事である武術大会で
ヴィクトリアの対戦相手になる。
ランディ
ヴィクトリアのクラスメート。
彼女が作った黒猫の魔導具を
愛でる、大の可愛いもの好き。

第一章　『楽園』に入学しました

国立魔導具研究開発局附属の全寮制魔術専門学校――通称『楽園』に通う生徒の朝は、問答無用で早い。

起床時間は朝の六時。寮の最高責任者である寮長は、毎朝その時間になるときっちり起床の鐘を打ち鳴らす。

生徒たちはそれから十五分以内に、コの字型になっている寮の中庭に整列しなければならない。

そこで朝礼が行われるのだ。

ちなみに朝礼の点呼に遅れた場合の罰則は、翌日から一週間のトイレ掃除である。

たかがトイレ掃除とあなどってはいけない。

三つの棟からなる寮すべてのトイレが対象だ。数が多い上に、清掃業者のチェックは小姑レベルに厳しい。

このチェックをクリアするためには、自由時間がほとんど消えてしまう。

そのため、トイレ掃除の洗礼を受けた者は、二度と遅刻しなくなる。

そうささやかれる、伝統の罰則なのだが――

「……また、遅刻か。ヴィクトリア・コーザ」

「はいー……。申し訳ありません」

寮長の冷たい声に答えたのは、今年の春『楽園』に入学したヴィクトリア。

初夏の風が爽やかに薫る今朝、通算八度目の遅刻という新記録を達成した。

めでたくもなんともない話だ。

初回は無表情で、二度目は少々お怒り気味に、三度目はあきれ返った顔をしてトイレ掃除を命じた寮長、リージェス・メイア。

彼は今、非常に残念なものを見る目でヴィクトリアを眺めている。

リージェスはつややかな漆黒の髪に深い藍色の瞳、メタルフレームの眼鏡が実にお似合いのイケメンだ。

彼にそんな眼差しを向けられるのは、精神的ダメージがかなり大きい。ヴィクトリアは、彼の美しい顔が好きなのだ。

もともと早起きだったのに、『楽園』に入学してからというもの、なぜか少々——否、ものすごく寝起きが悪い。ゆえに寮がひとり部屋なのをいいことに、三個の特大音量の目覚まし時計をセットしていた。

そのどれもが、実に破壊的な音量を誇っている。

にもかかわらず、ヴィクトリアは起きられなくて、こうして遅刻してしまう。そして恐らく、今後も寝坊する日があるだろう。

ヴィクトリアは反省しつつ、この学校に入学した経緯をぼんやりと思い出した――

ヴィクトリアが『楽園』に入学したのには、わけがある。

そのきっかけは、去年の冬。

南方の田舎(いなか)町で小さな家庭用生活魔導具店を営(いとな)んでいた母が、事故で亡(な)くなったのだ。

馬車の前に飛び出した子どもをかばい、母が大けがをしたと聞いて、ヴィクトリアは急いで病院に駆けつけた。

ベッドに横たわりヴィクトリアの顔を見上げた母は、瀕死(ひんし)の状態とは思えないほどニヒルな笑みを浮かべた。

そして、ぐっと親指を立てて、のたまったのである。

――ふ……っ、わたし……カッコ、いい。

自画自賛するなり潔(いさぎよ)く天に召(め)された母は、確かにカッコいい女性だった。ヴィクトリアは心の底から誇りに思う。

そういうわけで、母と二人暮らしだったヴィクトリアはひとりになってしまった。母以外に身寄りもなければ、頼るあてもない。

ヴィクトリアは途方(とほう)に暮れた。幼い頃からずっと母の店を手伝っていて、これからもそのつもりだったのだ。

そしてゆくゆくは、取引先かお客さんの誰かから「ちょっといいひとがいるんだけど、どうだい？」と持ちこまれた縁談に乗っかる計画を立てていた。仮に相手がお金持ちではなくとも、つましく幸せに暮らす人生を夢見ていたのだ。

日曜学校で読み書きと計算の基礎は身につけていたし、魔導具に関する知識も母からいろいろと教わった。

しかし、まだひとりで生活できる力はない。

そんな特技もコネもない十五歳の少女を雇おう、という心優しい人間はいないだろう。もちろん、嫁にもらおうという物好きも。

幸い、母は少々まとまったお金をヴィクトリアに遺してくれた。おかげで、すぐに借家から追い出されることはない。

とはいえ、どんなに切り詰めて生活したところで、無収入。

貯金はあっという間に消えてしまう。

店に残された生活魔導具を前に、ヴィクトリアは考えた。母の作ったこれらの品は、質がいいと町でも評判のものばかりだ。少し悩んだヴィクトリアだったが、在庫品で閉店セールをすることにした。

すると、「もう二度と手に入らない便利な魔導具」と噂になり、きれいさっぱり売り切れた。

……少々利益を上乗せしたものの、母の弔い費用に充てるということで許してもらいたい。

そうして当座の資金を増やしたヴィクトリアは、とりあえず職探しをはじめた。

生まれ育ったこの小さな町に、働き口は多くない。

農閑期に町のひとびとが皇都へ出稼ぎに行く話をよく聞いていたので、人口の多い都会に出ればどうにかなるだろうと考えた。

実に短絡的な思考である。

のんきなヴィクトリアは、町を出て、意気揚々と皇都に移り住むことにした。

けれど皇都へ入ろうとしたところで、門を守っていた衛兵に尋問された。

最初、自分のどこがあやしいのだ、とヴィクトリアはぷりぷり怒った。そんな彼女に、親切な衛兵はため息をつきながら理由を説明してくれる。いわく、皇都では銀髪はまずいのだとか。

ヴィクトリアの髪は一切クセのない、見事な銀髪だ。

早くに亡くなった父親譲りのこの髪が、母は何よりお気に入りだった。出会ったひとにも大抵褒めてもらえ、ヴィクトリアにとっても大切なものだ。

それに、いざというときには切って売ることができる。髪は腰まであり、どんなときも手入れを欠かしていない。

しかし衛兵によると、皇都では銀髪というのは歓迎されないらしい。それは、北の大国に住む者たちによく見られる色だからである。

ヴィクトリアはまったく知らなかったのだが、この国は二十年ほど前にその大国と戦争をしたのだそうだ。

今は条約を結んで不可侵の関係にあるものの、皇都では、北国の民に対する「なんかヤな感じー」という感情がいまだに根強く残っている。

よって、この国の皇族貴族に多い金髪は好印象だけれど、銀髪は——そういう扱いなのだとか。

その話を聞いたとき、ヴィクトリアはお嬢さまのように口を覆って「がーん！」と口に出してしまった。ちょっぴり黒歴史である。

ともかく、故郷では高値がつくこと間違いなしと言われていた自慢の髪は、完全に貨幣価値ゼロになってしまった。

こんなことなら、皇都に出る前に売ってくればよかった。しかし、そう嘆いたところで後の祭りだ。

打ちひしがれるヴィクトリアを哀れに思ったのか、衛兵たちは彼女を詰所に通し、事情を尋ねてきた。

問われるままに、ヴィクトリアはこれこれこういうわけで、と皇都に出てきた経緯を説明する。

聞き終わると、彼らは「く……っ」と目頭を押さえた。どうやら、揃って他人の不幸に同情しやすいタチらしい。

衛兵たちは口々に、「母親が魔導具を作る魔術師ならば、娘にも魔力があるかもしれない！」と言いだした。確かに、『魔力持ち』でなければ魔導具は作れない。

彼らは、詰所の奥から埃をかぶった魔力計測器を持ち出してきた。

後で聞いたのだが、魔力の有無は血筋によるところが大きいそうだ。魔術師になれるほどの魔力持ちは、平民にはそうそう生まれない。とはいえ、平民の母が魔力を持っていたように、例外がまったくないとはいえない。

魔力持ちの子どもは、幼い頃からその片鱗を見せるのだという。

たとえば、感情のまま無軌道に垂れ流された魔力によって、周囲のものが破壊されたりするのである。ヴィクトリアは今まで、そんな傍迷惑な現象を引き起こしたことがない。

そういった事実を知っていれば、計測器を出されたとき、自分には魔力がないと言い切ったかもしれない。しかし何も知らない彼女は、促されるまま計測器に手を当てた。結果、ヴィクトリアは魔力持ちだと判明した。

彼女の魔力は、皇都トップの魔術学校、『楽園』にぎりぎりもぐりこめるレベルだったのだ。魔術学校では、魔術式を組み立てて魔導石から魔導具を作り、扱う技術——魔術を学べる。そして、魔術を習得すれば、魔術師になれるのだという。

親切な衛兵たちは、ほかにもいくつか魔力持ちの子どもが学べる施設を教えてくれた。だが、『楽園』ほど条件のいいところはなかった。

何しろ、魔力のレベルさえクリアすれば身分は不問、必要なのは健康な体だけ。おまけに全寮制で、学費食費そのほか経費は一切無料ときた。

『楽園』のシステムを知ったとき、ヴィクトリアは「四年間、三食宿代タダですかー!?」と歓喜した。そして生まれて初めて「神さま、ありがとう」と神に感謝した。

さっそく入学申請をするために、ヴィクトリアは国立魔導具研究開発局に突撃しようとして——

親切な衛兵たちに、ちょっと待て、と引き止められた。

国の中枢に行けば行くほど、銀髪に対するひとびとの忌避感は強くなるらしい。

幸い皇都では、ファッションとして髪を染めることが珍しくない。染髪の薬剤もいろいろと売られているそうだ。

めんどうごとを回避するために、その銀の髪は目立たないようにした方がいい。

彼らの言葉に納得したヴィクトリアは、まずは潔く、さっぱりと髪を切った。

せっかくここまで、きれいに伸ばしてきたのだ。いずれ皇都から出たときに、どこかで買い取ってもらおう。

そう思い、ヴィクトリアは紐でまとめて袋に詰めたそれを、大事に鞄の底にしまった。

そして短くなった髪を、皇都でもっともポピュラーな栗色に染めて、長めの前髪をざんばらに垂らした。

染められない眉やまつげは、これで隠せる。

最後に、分厚いレンズの眼鏡を装着したヴィクトリアは——どこからどう見ても「ちびでガリガリに痩せた少年」になった。

母が亡くなって以来、ちょっと無理しすぎて痩せてしまったのかもしれない。

胸にはそれなりに脂肪が残っている。しかし、厚手のシャツを着てしまえば、傍目にはわからないだろう。

鏡に映る自分のあまりに貧相な少年具合に、ヴィクトリアはお年頃の乙女として落ちこんだ。

そんな彼女を見て、衛兵のひとりが思い出したように声を上げた。

「そういえば、『楽園』に入学するのは、ほとんど少年じゃなかったか？」

すると彼らは揃(そろ)って、確かにそうだと言い出した。

彼らは魔力を持たない、ごく普通の一般市民のようで、魔力持ちの子どもたちが学ぶ学校について、さほど詳(くわ)しい感じではなかった。

けれど、『楽園』がこの国で最高峰(さいこうほう)の魔術教育機関であることは、間違いないらしい。

どうせ学ぶなら、レベルが高い方がいい。

それに、他の学校に入るには、かなりの入学金が必要なのだという。

いずれにしろ、そんな金も仕事に就(つ)くスキルもないヴィクトリアに、選択の余地はない。

男だらけの学校に入れるだろうかと悩(なや)んだものの、ヴィクトリアは開き直ることにした。

幸い、この国では魔除(まよ)けの意味をこめて男子に女性の名前をつけることがよくある。

今は一見少年だし、敢(あ)えて性別を明かす必要はない。入学条件に性別が関わらなければ、名前と外見で女だとばれることはないだろう。

女手ひとつで自分を育てるために働く母の背中を、ヴィクトリアはずっと見てきた。

男社会の中で女が生きる大変さは、よく知っている。それを思えば、少年として四年間勉強漬けの日々を送るくらい、どうということもない。

……若干(じゃっかん)、そんな寂(さび)しい青春を送る自分が可哀想(かわいそう)な気はした。

けれど、天涯孤独(てんがいこどく)の身には、上等だろう。

いつか魔術師になれたら、故郷に戻り、母と同じように小さな生活魔導具店を営(いとな)みたい。

新たな人生の目標ができたヴィクトリアは、困ったなぁと首をひねる衛兵たちを大丈夫だと笑ってなだめた。

その後、彼らに礼を言い、『楽園』の門を叩いたのだ。

幸い男子しか入学できないということはなく、性別を問われることすらなかった。身体測定も健康診断もすんなり通り、拍子抜けするほど簡単に入学が認められた。

――そして、入学して一日で後悔した。

そこに集う生徒たちのほとんどが、貴族だったのである。そもそも魔力持ちは貴族に多いのだから、当然といえば当然だ。

ヴィクトリアと同じ平民の生徒も、皆無ではない。けれど、彼らはみんな貴族の後見を得ているようだ。「三食付きの全寮制。学費そのほかの経費が一切免除」という点に惹かれ、着の身着のままで入学した考えなしは、彼女のほかにはひとりもいなさそうだった。

そんな彼らになかなかなじめず、ヴィクトリアは入学してから、自分を叱る寮長以外の生徒とはまともに言葉を交わしていない。

入学時に『楽園』の魔力計測器で調べた魔力量により配属されたクラスは、最下級クラス。その中でも、身分をもとにしたヒエラルキーはきっちり存在していた。

貴族の後見を受けていないヴィクトリアは、当然ながら一番下――クラスの一員として認めるのも嘆かわしい、という扱いだ。

それでも、ヴィクトリアがどうにか学生生活を送れているのは、ひとえに母のおかげである。

母は幼い頃から、魔導具に関する知識を、ことあるごとに授けてくれた。今のところ『楽園』で教わった知識は、すべて母に聞いたことがあるものだった。ちなみに、ヴィクトリアはずっと母の魔導具から、魔力や組みこまれた術式を読み取ることができていたのだが、それらを読めるのは魔力持ちの人間だけなのだという。その事実を『楽園』に入って初めて知ったヴィクトリアは、術式は読めて当たり前だと思いこんでいた自分が、ちょっぴり恥ずかしくなった。

そういうわけで、実技はともかく、座学に関しては常に満点近い点数を取っているヴィクトリアは、かろうじて教室に存在することを許されている。

上級クラスの生徒たちからは「魔力の低い、頭でっかち」とばかにされているようだが、実害はないのでかまわない。表だってヴィクトリアをいじめれば、かえって彼らのプライドが傷つくのだろう。

ヴィクトリアは、暇(ひま)さえあれば自室でせっせと勉強に励(はげ)んだ。すべては、平穏無事(へいおんぶじ)な学園生活のためである。

四年の在学期間で、どの程度の知識を学ぶのかはわからない。けれど、母のおかげで得たアドバンテージは、すぐになくなってしまうだろう。周囲に追いつかれて席次が落ちたら、一体どんな恐ろしい目に遭(あ)うことやら――想像するだけで冷(ひ)や汗がにじんでくる。

もちろん、余計な問題を起こさぬよう、本人なりに必死の努力をしている。起床するための爆音目覚まし時計も、そのひとつだ。

なのにどうして、これほど寝起きが悪いのか。そんなの、自分の方が知りたいくらいだ。

しょんぼりと肩を落とすヴィクトリアの頭上で、黒髪の寮長(りょうちょう)がため息をつく。

彼は入学時に測定した魔力量がトップ。さらに入学して以来、実技でも座学でもトップの成績を修めているらしい。

将来この国の中枢(ちゅうすう)を担(にな)うことが決まっている、スーパーエリートのお坊ちゃんだ。その上、時折聞こえてくる噂(うわさ)によると、かなり身分の高い貴族の家の出なのだとか。

見た目、身分、実技に加え、学力も魔力保有量もトップクラス。

そんなふざけたイキモノが存在するとは、世の中は実に不公平だなぁ、とヴィクトリアは彼を見るたびしみじみ思う。

世の不公平を体現する寮長リージェスは、毎度おなじみのトイレ掃除をヴィクトリアに命じた。

そろそろ「トイレ掃除」というあだ名がつけられてしまいそうだ。

ヴィクトリアはどんよりしながら、整列する生徒たちの最後尾に並ぶ。そして、朝礼が終わるのをぼーっと待った。

リージェスが『楽園』に入学したのは、十四歳だったらしい。『楽園』には十四歳から入学が可能で、二十歳を越えてからでも入学はできる。そのためリージェスは、最上級生となった今でも、生徒たちの最年長ではない。

ヴィクトリアの同級生も、十四歳から二十一歳までと幅広い。

リージェスの若さで、『楽園』の多種多様な生徒を束ねるのは、大変なことだろう。

とはいえ、『楽園』で上下関係の基盤(きばん)となっているのは、あくまでも身分。年齢はさほど意味を持たないのかもしれない。

そして非常に残念なことに、名目上の入学資格は「男女問わず」なのだが、ここ十年、女子は入学していないのだという。

実質、男子校で、そもそも女子寮がないようだ。

過去の女子生徒に少し興味を持って、ヴィクトリアは図書館で記録を調べてみた。

十一年前に在学していた女子生徒は、貴族の中でも武門で名高い家のお嬢さまだった。跡継ぎの男子がいなかったことから、『楽園』に入学したらしい。彼女は特例措置で自宅から毎日通学していたという。

もし自分が女の格好のままだったら、入学を拒否されていたかもしれない。——やはり、男で通した方がよさそうだ。

そう思ったヴィクトリアは、ますます自室に引きこもるようになった。

幸いにも、寮はすべて個室。

万が一、生徒が寝ぼけたりけんかをしたりして魔力を暴走させても、被害を最小限にするためだ。

基本がお貴族さま仕様なので、シャワールームも完備されている。

実にありがたい。

おまけにこの『楽園』では、テストの成績優秀者にはご褒美が出る。

成績に応じて、かなりのお金が支給されるのだ。貴族のお坊ちゃん方にとっては、おこづかい程度の感覚なのだろうが。

とはいえ、将来に備えて少しでも店の開店資金を貯めておきたいヴィクトリアには、勉強に励む大きな理由のひとつとなった。

そういった諸々の事情が積み重なり、彼女は完全なる引きこもり少年と化している。

それはさておき、今は遅刻についてである。これほど回数を重ねれば、トイレ掃除も上達する。ヴィクトリアは、そろそろエキスパートになりつつあった。もはや、『楽園』内の清掃業者に就職できそうな熟達ぶりだ。

実際、掃除用具を借りる際に彼らにさり気なく尋ねてみたところ、満更でもない答えが返ってきた。

もし卒業前に女だとばれて放校されたら、働かせてもらえないか聞いてみよう。

我ながら、前向きなんだか後ろ向きなんだかわからないことを考えていたら、朝礼が終わった。ヴィクトリアは、自室に戻るべく歩き出した。

しかし、建物に入ろうとしたところで、不本意ながら聞き慣れてしまったリージェスの声に呼び止められた。

「——ヴィクトリア・コーザ」

「ひゃいっ」

反射的に、背中を壁に貼りつける勢いで後ずさった。

しがない平民にとって、リージェスは完全なる雲の上のひとである。一部学生の間では、もはや崇拝の対象となっていると聞く。

彼とは、迂闊にお近づきになりたくない。

そう思って日々自分の寝汚さと勝負しては、しょっちゅう敗北しているヴィクトリアだ。

もしリージェスの崇拝者に「彼に近づこうとする不届き者」判定されてしまった場合、恐らくヴィクトリアに明日はない。

なんとしても、彼とは関わりたくないのである。

雲の上で生きるひとびとは、雲の上の世界で仲良しこよしをしていればいい。

こちとら、きらきらしい世界とは無縁の、最下層で生きているのだ。

生きる世界の隔たりを飛び越えられては、かろうじて保っている平穏無事な学生生活が崩壊しかねない。

ヴィクトリアは恐怖にぷるぷると震えた。こっち来るなオーラを全開にしつつ、どうにか口を開く。

「な……何か、ご用で、しょうか……？」

こんな風にひとに拒絶されたことなど、今までないのだろう。

お坊ちゃまは微妙に顔を引きつらせている。

そして眼鏡の奥の目が、すうっと細められた。怖すぎる。

おびえるヴィクトリアに、リージェスはゆっくりと低く告げた。

「――今日の放課後、オレの部屋に来い」

「え、いやです」

反射的に答えてから、ヴィクトリアは思ったことをそのまま口に出す自分の脳を、きゅっとシメたくなった。

一層冷ややかになったリージェスの視線と、周囲の空気が痛すぎる。

上級生の要請を即答で拒絶するなんて、少々礼儀知らずだったかもしれない。

けれど、いきなりそんなことを言われても、困るのだ。こちらの事情をまるで斟酌しないのは、いずれひとの上に立つ人間としてはいかがなものかと思う。

ヴィクトリアはだらだらと冷や汗を垂らしながら、内心で懸命に自分を正当化した。

その間も、寮長さまが立ち去る気配はまるでない。

仕方なく、ヴィクトリアはぼそぼそと自己弁護をはじめた。

「あの……です、ね。わたしは、勉強がしたくてこの『楽園』に入学したんです」

嘘である。

三食宿付に惹かれて入学しました。そう正直に言うのは、さすがにちょっぴり恥ずかしかったのだ。

しかし今は、きちんと勉強して将来小さな生活魔導具店を開業したいと思っている。だからまったくの嘘ではない。ヴィクトリアは自分に言い訳しつつ、先を続けた。

授業中に指名されて教師の問いに答える以外、ほとんど話さない日々だ。

こうして長い文章を話すのは久しぶりなせいか、どうにも話しにくい。

「なので、寮長さまのように、周囲のみなさまから大変人気のある方とは、極力お近づきになりたくないのです。身のほど知らずな振る舞いをした平民は、いつ、どんな理由をつけて追い出されるかわかりかねます。どういった理由で、わたしをお招きくださるのかは存じません。けれども、これからもつつがなく勉強を続けるために、ご遠慮申し上げたい次第です」

できるだけ、切々と訴えてみる。お坊ちゃまは、迂闊に平民に近づいてはいけないのだ。

すると、なぜかリージェスは頭痛でもこらえるように眉間を押さえた。

「……なるほど」

少しして彼がつぶやいた言葉を聞き、ヴィクトリアはとっても嬉しくなった。

彼がこちらの主張を受け入れてくれたのなら、今後こういった恐ろしいことは起こらないだろう。保身第一。

臭いものにふた——と言っては、さすがにリージェスに対して失礼かもしれない。けれど、気分はまさにそんな感じなのである。

「はい。それでは、失礼いたしま——」

「待て。誰が行っていいと言った」

藍色の瞳にじろりとにらみつけられて、ヴィクトリアはその場でぴょっと跳び上がった。

蛇ににらまれたカエルとは、もしかしたら跳ねるものなのかもしれない。

錯乱しかけたヴィクトリアに、リージェスは苦々しげに眉を寄せた。

「わかっているのか？　おまえ、なんの後見もなかったら、卒業したところでろくな職に就けないだろう」

ヴィクトリアは、きょとんと目を丸くした。

「いえ？　わたしは『楽園』を卒業したら、故郷に戻って小さな生活魔導具店を営(いとな)むつもりです。なので、就職先の心配はしておりません」

ここの卒業生たちのほとんどは、皇都で職を得ている。

それは知っていたものの、ヴィクトリアはこんな家賃が高い土地で店を構(かま)えるほどの大志を抱(いだ)いていない。

まずは、自分が食べていけるだけの稼(かせ)ぎを得ることが大事。そして、いつか付き合いのできた業者あたりに縁を頼んで、旦那(だんな)さまをゲットできればいい。

ヴィクトリアのささやかな未来図を聞いたリージェスは、わずかに目を見開いた。

そしてふたたび、眉間(みけん)を押さえる。

「……コーザ」

「は、はい？」

まるで地の底から響くような、おどろおどろしく低い声で呼ばれた。

ヴィクトリアは、また跳(と)び上がりそうになるのを、どうにかこらえる。

リージェスの目は、完全に据(す)わっていた。

「おまえの故郷が、どこかは知らん。だが、『楽園』で座学とはいえ首席を誇る人材が、ちっぽけな生活魔導具店を営んで暮らすなど、許されると思うのか？」

彼の問いに、ヴィクトリアは少し考えてから口を開く。

「すみません。何が許されないのか、わかりません」

正直に答えると、リージェスの口元がひくりと引きつった。

「……この『楽園』はな、国民の血税で運営されているんだ。つまり、オレたちはここで学んだことを、卒業後には国民のために生かす義務があるんだよ」

低く言い聞かせるように告げられた言葉に、ヴィクトリアは首をかしげた。

「えぇと……それでしたら、何も問題がないと思うのですが。ここで学んだ知識で便利な生活魔導具を作製し、格安価格で提供できる店を営んで国民の生活に貢献(こうけん)します」

ヴィクトリアがそう言うと、リージェスはぐっときつく拳(こぶし)を握(にぎ)りしめた。

「おまえは……一体、どんな魔導具を作るつもりなんだ？」

「まだ試行錯誤(しこうさくご)中です。いずれは、母が作っていた魔導具を再現できたらいいなと考えております」

母の作る生活魔導具は、主婦のかゆいところに手が届くものばかりで、近所の奥さま方に、とても重宝(ちょうほう)されていたのだ。

中でも最大のヒット商品は、水道の蛇口(じゃぐち)に取りつけて水をほどよい温水にするものである。冬場でも食器洗いがつらくなくなった、と大層喜ばれていた。

そんなことを思い出してしんみりしていたヴィクトリアは、リージェスが戸惑(とまど)った顔をしたことには気づかなかった。

「おまえの母親も、魔術師なのか？」

「あ、はい」

それがどうしたのだろう。

彼を見上げると、リージェスは訝しげに眉を寄せる。

「なぜ、母親の名を出さない？　商品になるレベルの魔導具を作製できる魔術師なら、それなりの階位にあるはずだろう」

ヴィクトリアは目を丸くした。

「そうなんですか？」

「は？」

いえその、とヴィクトリアは困って眉を下げる。

「母が亡くなるまで、わたしは自分が魔力持ちだと知らなかったのです。そういう話を聞く機会はまったくありませんでした」

「……亡くなった？」

「はい。『楽園』を卒業したら、母のような立派な魔導具を作る魔術師になりたいと思っているのですが――何か、いけないことがあるのでしょうか」

なんだかよくわからないが、もし何かしらの規制があるなら大変だ。

それこそ、『楽園』でずっとトップの成績を取るリージェスである。魔導具屋の経営にも詳しいのかもしれない。

問題があれば早めに教えてもらいたいなと思っていると、リージェスが聞いてきた。

「おまえの、父親は？」

「わたしが幼い頃に、亡くなりました」

そうか、とつぶやいたリージェスの声からは覇気が消えている。

「……いや。すまない。余計なことを言った」

ヴィクトリアは仰け反った。

否、仰け反りかけて後頭部を壁に打ちつけた。とても痛い。

（お……お坊ちゃまが、謝った!?　気色悪っ！）

ヴィクトリアにとって、『楽園』の生徒たちは常にふんぞり返り、自分を見下すものなのである。

そのお坊ちゃまのトップに君臨するリージェスだ。

彼がヒエラルキーの最下層に位置するヴィクトリアに謝罪するなど、想定を通り越してとてつもなく気色が悪い。

打ちつけた頭の痛みも忘れ、ヴィクトリアは青ざめて震える。

それに気づいたのか、リージェスは彼女に手を伸ばしてきた。

「どうした？　体調でも――」

限界である。

（お仲間連中の崇拝対象なお坊ちゃまが、迂闊に平民に近づいてくんじゃねーっ！　……って、ココロの中で言ったばっかだろぉがあああああっっ!!）

お坊ちゃまに謝罪された気色悪さと、生存本能の発する危険信号が限界値を突破した。

その結果、ヴィクトリアの足は本人が意識する前に全力でダッシュしていた。

……自室にたどりついて我に返り、ヴィクトリアはようやく自分のしでかした無礼極(きわ)まりない行為に気がついた。

一層青ざめたのだが、後悔先に立たず。

――人間は、ときに己(おのれ)の衝動(しょうどう)を制御しきれない瞬間に遭遇(そうぐう)するものなのである。

第二章　ラング家のひとびと

一週間のトイレ掃除をきっちりとクリアした日。

ヴィクトリアは、久しぶりに放課後の外出許可を得て、街へ出た。

(ふふふ……今のところは、寮長さまに接近したくない一心で、どうにか朝の試練をクリアしている。えらいわたし、がんばれわたし。けれど人間というのは、どんなに緊張していようといずれ慣れてしまうものなのよ。悲しいことに)

決して長くない今までの人生の中で得た、数少ない真実である。

その教訓を生かすため、新しい目覚まし時計を購入するのが街へ来た目的だ。

さすがは皇都。この街には、時計の専門店が軒を連ねる通りがある。

ヴィクトリアが足を踏み入れることができないほど、高級な時計を扱っている店が多いものの、庶民向けにお手頃価格の品を揃えている店もきちんとある。

選択肢の多さは豊かさの象徴かもしれない、なんて感心しつつ、今までに何度か訪れた店のショーウィンドウを眺める。

「大音量」とキャッチコピーがついているものであれば、多少お高くても購入したい。

しかし、規格外の大音量目覚ましはあまり人気がないようだ。

いくつものショーウィンドウをのぞいてみるが、どこにも置いていなかった。

最後の店の前で、今日は収穫（しゅうかく）なしかとうなだれていたとき、ぽんと肩を叩かれた。

ヴィクトリアが驚いて振り返ると、ぼんやりと見覚えのある背の高い青年が立っている。

制服ではないため判然（はんぜん）としないが、顔を見たことがあるのだから、彼は『楽園』の生徒なのだろう。

ヴィクトリアは、慌（あわ）ててショーウィンドウの前から離れた。

「お、お邪魔して申し訳ありません！」

そのままダッシュで逃げようとして——ぐっと青年に腕を掴（つか）まれる。

「い……っ」

「わ、悪い！」

ちょうど腕を捻（ひね）る形になったというのもあるが、そもそも相手の力が強すぎた。

ずきずきと痛む関節に涙目になると、青年が焦（あせ）った様子で腰を屈（かが）めた。

「大丈夫か？　っつーか、おまえ細すぎだろう。ちゃんとメシ、食ってんのか？」

……貴族のお坊ちゃまにしては、随分（ずいぶん）言葉遣（づか）いが粗雑（そざつ）である。

ひょっとして、貴族の後見を受けている平民なのだろうか。

そう思いながら見てみると、彼は華やかな金茶色の髪に明るいスカイブルーの瞳という、なんとも煌（きら）びやかな容貌（ようぼう）をしていた。おまけにその派手（はで）な色彩にまったく恥じないレベルで、顔立ちも甘く整っている。

魔力持ちの人間は、その保有量が大きいほど容姿も美しくなる傾向がある。

さらに、粗雑な言葉遣いにもかかわらず、彼の物腰からはなんとなく育ちのよさが感じられた。

「うわ、鶏ガラみてえな腕だな」

無神経だ。

やはり、やんちゃぶりたいお年頃の、貴族のお坊ちゃまなのかもしれない。

「食事は、きちんといただいています。失礼します」

なんにせよ、『楽園』の生徒たちとは、あまり関わり合いになりたくないのである。

そそくさとその場を離れようとしたヴィクトリアに、青年は苛立ったような声を上げた。

「だから、ちょっと待て！　なんって、そんなすぐ逃げようとしやがんだ！」

「怖いからです」

簡潔に答えたヴィクトリアに、青年が目を丸くする。

「『楽園』の方々は、怖いです。――わたしは、怖いのは嫌いです」

だから、関わらないでください。

そう言外に告げたつもりだったのだが、青年は一瞬の沈黙の後、がっしとヴィクトリアの頭を鷲掴みにした。

痛くはなかったが、びっくりした。

青年が、深々とため息をつく。

「――三年のシャノン・ラングだ。別に取って食わねえから、そうびくびくすんな」

「はぁ……」

ヴィクトリアは、間の抜けた声をこぼした。

この青年のご両親は名付けるとき、よもや息子がこんな派手派手しくも男らしい容貌に育つとは、予想していなかったのだろう。わかっていれば、さすがにシャノンなどという可愛らしい女性名をつけまい。

シャノンはヴィクトリアから手を離すと、少し困ったような顔であたりを見回した。

「まぁ……立ち話もなんだ。なんかおごってやるから、ついてこい」

やっぱり、彼は貴族のお坊ちゃまなのだろう。命令口調が実に板についている。

とはいえ、おごっていただけるのであれば、ヴィクトリアに断る理由はない。

これが『楽園』の食堂なら、断固としてお断り申し上げる。しかし、ほかの生徒たちのいない街中だったら大丈夫だ。

歩いてみると、背の高いシャノンとヴィクトリアでは歩幅があからさまに違う。

彼の後をついていくために小走りになってしまったけれど、それに気づいた彼は途中で歩調をゆるめてくれた。

「……おまえ、いくつだ？」

歩きながら、シャノンはヴィクトリアに問いかける。

「十五です」

答えると、シャノンはちらりと横目にヴィクトリアを見下ろした。

「それにしちゃあ、ちっこいな」

「はぁ……」

確定。

この無神経さは、貴族のお坊ちゃまに違いない。

ヴィクトリアはお年頃の少年ではないから、無駄にでかい上級生にちっこいと言われてもなんとも思わない。

けれど、男の子であれば、今のは少なからず苛つくだろう。

彼はもしかして、余計な一言で不必要な敵を作るタイプかもしれない。

『楽園』に戻ったら、極力近づかないようにしよう。

そんなことを考えつつ連れていかれたのは、多くのひとびとでにぎわう小洒落た喫茶店だった。

故郷の素朴な焼き菓子が大好物なヴィクトリアだが、皇都の洗練されたお菓子にもまた別の魅力を感じる。

「なんでも好きなものを頼んでいい」というシャノンの言葉に、ヴィクトリアの脳内で歓喜の鐘が鳴り響く。

ちょっぴり悩んで、季節のフルーツをふんだんに使ったタルトを注文した。おいしいスイーツは、問答無用でヴィクトリアを幸せにしてくれる。

ブラックコーヒーだけを注文したシャノンは、もしやこの幸せを享受できない人種なのだろうか。気の毒なことだ。

あーうまうま、と甘い幸福感に浸る。

そこで、じっとこちらを見つめるシャノンの視線に気づき、ヴィクトリアは軽く首をかしげた。

「何か？」

「いや。つくづく小動物みてぇなヤツだな、と」

自分が小動物なら、シャノンは獅子だ。

そう言おうかと思ったけれど、あまりにベタな褒め言葉のような気がしたので、やめておく。

この猫科の肉食獣っぽい外見をした青年が自分に害をなさない相手だと、なんとなくわかってきた。

断じて、タルトひとつで餌付けされたわけではない。ただの勘だが、ヴィクトリアの勘は結構当たる。

ヴィクトリアがタルトの最後のひと切れを口に放りこんだところで、シャノンはおもむろに口を開いた。

「……オレは、リージェスとは腐れ縁ってヤツでな。ガキの頃から、あのカタブツとよくツルんでたんだが」

「そうなのですか」

ヴィクトリアは感心した。あのクール系イケメンの寮長さまと、この派手系イケメンのシャノンが並べば、さぞかし女性たちの目の保養になるだろう。

怖いのでお近づきにはなりたくないが、一度、遠目から見てみたいものである。

そんな妄想に思いを馳せていたヴィクトリアを、シャノンはじっとりとした目で見つめた。

「先週、余計なことを言っておまえに逃げられてから、あいつが鬱陶しくて仕方がねぇ」

「……はい？」

ヴィクトリアがきょとんとすると、だからな、とシャノンは声を低くする。

「あいつはあいつなりに、一年の中で完全に孤立してる首席のガキを気にかけてたんだよ。……オレの言うこっちゃねぇんだろうがな。おまえが望むんだったら、あいつの家で後見する段取りまでつけてたんだぞ」

ヴィクトリアは目を丸くした。

「それで――あの『オレの部屋に来い』だったんですか？」

「多分な。なのに逃げられて、口には出さないが、どんより落ちこんでやがる」

「はぁ……お気遣いありがとうございます。……と言うべきところなのかもしれませんけど、なんだかめんどくさい方ですねぇ」

コーヒーカップに口をつけていたシャノンが、ごふっと奇妙な音を立てた。

ひとしきり、げほごほとむせた後、手の甲で口元を押さえてヴィクトリアを見る。

「め、めんどくさい？」

めんどうというより、厄介という方が正しいだろうか。

でも厄介ごとはやっぱりめんどうだよなと思いながら、ヴィクトリアは小首をかしげた。

「いや、だって。貴族のお坊ちゃまにあんなえらそうに言われたら、普通平民はビビります。あなた方にはおわかりにならないかもしれませんがね、本当に怖いんですよ。正直あの後、『楽園』を辞めようかと思いましたから」

幸い、あれから周囲が敵意を向けてくることはなかった。だからこうしていまだに『楽園』の生徒でいられる。それでも、出て行く覚悟だけはしておくべきだろう。

学校の図書館で得られる知識はかなり惜しいが、自分の身を危険にさらしてまで手に入れたいものではない。

ヴィクトリアはすでに魔導具作製の基礎がまとめられた一年の教科書を読破している。その知識で、単純なつくりのものならば、もう魔導具を作製できるのだ。

今故郷に帰って、母の名を知っているひとびと向けに商売をはじめれば、きっと食うには困らないだろう。

そう言うと、なぜかシャノンが唖然とした。

「どうかしましたか？」

「どうか……って、ちょっと待て？　おまえ、もう魔導具を作製できるってか？」

シャノンに聞かれ、ヴィクトリアはうなずいた。

「あまり複雑な機構のものは無理ですが。教科書に、魔導石への術式の組みこみ方が書いてありましたし」

シャノンはしばし、眉間に手を当てた。

その後、首に巻いていたチョーカーをはずし、ヴィクトリアの前に置く。

ずっと彼が身につけていたからだろう。そのトップにあしらわれているダークグリーンの貴石は、かなり純度の高い魔力を孕んで輝いている。

魔力持ちの人間が石を持っていると、石が魔力を吸収して魔導石になるのだ。

「――なんでもいい。これを使って、魔導具を作ってみろ」

「え、いいんですか？」

ヴィクトリアは今までにもきれいな石を拾って持ち歩き、それに少し魔力が貯まったところでいろいろと試していた。しかし、こんな立派な魔導石を素体にするのは初めてだ。

さすがは貴族のお坊ちゃま。気前がいいなぁと感動しつつ手に取ると、本当にきらきらと美しく輝いている。

ヴィクトリアは、幼い頃から母の工房で輝く魔導石に囲まれてきた。

それでも、こんなにきれいなものは数えるほどしか見たことがない。

（ま、母さんの形見が一番キレイだけどねー）

工房に残されていた生活魔導具は、すべて売ってしまった。

けれど、母の化粧台の引き出しに丁寧にしまわれていた装飾品は、形見として今も大切に持っている。それらは魔導具化された魔導石が使われていたが、店で売っていたような生活魔導具ではなく、どう値段をつけていいものかわからなかったからだ。

貴族のお坊ちゃまの持ち物であれば、ああいった遊び心のあるものにしてもいいかもしれない。

楽しくなってきたヴィクトリアは、母の形見の魔導具に付与されていた術式を少しアレンジして使ってみることにした。

幸い、この魔導石にこめられている魔力はシャノンのものだ。

作製する前に魔力の波長を解析して魔導石に登録すれば、使用者限定術式も同時に組みこめる。

生活魔導具職人を目指す身には憂鬱(ゆううつ)なだけなのだが、『楽園』の必須(ひっす)授業には戦闘実技というものがある。ヴィクトリアは当然の如(ごと)く、実技に関しては最下位を独占している。

戦闘実技は、体術、魔導剣術、遠距離攻撃系魔導具術に科目が分かれていて、魔力保有量の少ない最下級クラスの生徒は、体術以外は免除される。それが、救いといえば救いである。

ともかく、これだけ純度の高い魔導石を作れるシャノンだ。戦闘実技も得意に違いない。

「えぇと……。ラングさまは、戦闘実技では何がお得意ですか？」

ヴィクトリアが聞くと、シャノンは魔導剣術と答えた。思わず、ぐふっと笑いそうになる。

（ふっふふふ……よいではないかよいではないか。わたしは形見の中でも、母さんが作ったきらきらの魔導剣が大好きです！）

母の形見として持っているものは、生活道具のような便利機能も攻撃機能もついていない、装飾過多な飾(かざ)り物ばかり。

使用者限定術式がかかっているので、ヴィクトリアにはそれらを起動することはできない。だが、術式から起動後の外観はイメージできる。その外観設定や基礎性能に『楽園』で学んだ実用的な術式を付加すれば、シャノンが実技で活用できるものになるだろう。

すっかりテンションが上がったヴィクトリアは、すっと呼吸を整えると魔導石を手のひらに載せた。

そのとき、シャノンがはめている、家紋らしきマークが刻まれた指輪が目に入る。

きれいだなぁと思いながら、ヴィクトリアは魔導石に意識を集中させた。

そこにこめられた魔力を解析し精製、組み上げた術式を付与——

「——できました。どうぞ」

魔導具化したチョーカーをシャノンの前に置く。すると、なぜか彼の顔から表情が消えていた。

もしや、満足していただけない出来なのだろうか。

不安になっていると、彼は妙にゆっくりとそれに手を伸ばす。

「……長剣タイプの魔導剣。所有者はオレ限定か」

「はい。すでにお持ちかとは思いますが、予備のひとつとしてお使いいただければと。デザインは母の形見の魔導剣を参考にしています」

なるほど、とシャノンはうなずき——ふふふふふ、と不気味な笑いをこぼした。

ヴィクトリアはどん引きした。

「……ヴィクトリア・コーザ」

「は、はい?」

物理的にも椅子の背もたれぎりぎりまで体を引いていたヴィクトリアを、シャノンのスカイブルーの瞳が見据える。

「おまえの母親は、生活魔導具を作って生計を立てる魔術師だった——そうだな？　その形見の魔導剣も母親が作ったものなのか？」

「……はい。それが何か……？」

彼の低く感情を抑えた声が、ゆっくりと問う。

「母親の名は？」

「ロッティ、ですが。ロッティ・コーザ」

ロッティね、とシャノンは口の中でその名を転がした。

「ロッティ――シャーロットの、愛称だな」

はい？　と首をかしげたヴィクトリアに、シャノンは言った。

「オレの知る限り、ロッティという名の女性魔術師は、今までこの国にはいない。そもそも、女性が戦術に関わる魔術を学ぶことは、ほとんどないんだ。極一部の例外を除いてな」

「はぁ。ということは、母はモグリの魔術師だったのでしょうか」

それは、もしかしたらまずいことなのだろうか。ちょっと不安になっていると、妙に脱力した顔のシャノンがため息をついた。

少し考えこむようなそぶりを見せた後、彼は改めて口を開く。

「……魔術師ではないが、シャーロットという名の魔術に長けた十七歳の女性がいた。彼女は二十年前に、北のセレスティアとの戦乱の中で消息不明になっている」

「え？」

「シャーロット・ローズ・ラナ・ギネヴィア皇女殿下。――ここギネヴィア皇国皇帝、ベルナー・

デュバル・ロス・ギネヴィア陛下の姉君にして、希代の魔女。自らセレスティアとの戦に身を投じ、戦死したとされている方だ」

どうやら真面目に言っているらしいシャノンを見て、ヴィクトリアは思った。

このひと、頭大丈夫だろうか——と。

いくら相手が正気を疑うようなことを言い出したとしても、対応には注意が必要だ。特に、それが貴族のお坊ちゃんであった場合、思ったままを口にしてはいけない。

その教訓をつい先日得たばかりであったことに、ヴィクトリアはひそかに感謝した。

リージェスの場合は、彼のお誘いをうっかり素でお断りしてしまっただけだ。

けれど、今かろうじて呑みこんだのは、「アナタ、頭大丈夫デスカー？」という失礼極まりない言葉である。

もしつるっと吐き出してしまえば、自分が作ったばかりの魔導具で切捨御免にされてしまうかもしれない。

なんと恐ろしい。

ヴィクトリアはとりあえず、へらっと笑ってみることにした。

「あのー……ですね？　ラングさま。わたしの故郷は南の最果てにあるグラントという田舎町です。北の隣国と戦争していたことさえ語られない、ド田舎です」

そんなところで、皇帝陛下の姉君が生活魔導具店など営んでいたわけがないだろう。笑い話で流そうとしたのに、シャノンは変わらず真顔のままだ。

「おまえの母親の髪は、何色だった？　シャーロット殿下は金髪だ」

「母も金髪ですけど……別に珍しくないでしょう。大体、シャーロット殿下は戦死されたのではないのですか？」

「正確には、戦闘中に行方不明となった。ご遺体はいまだに見つかっていない」

偶然の一致に、シャノンはしつこくこだわる。

ヴィクトリアはわずかに頭痛を覚えた。

「……ラングさま。わたしが言うこっちゃないかもしれません。でも、貴族のお坊ちゃまが迂闊にそんなことを口にしていいんですか？　こんなばかな話、下手すりゃ皇帝陛下への不敬に当たりますよ？」

シャノンが言葉に詰まる。

どうやら、頭が完全におかしくなってしまったわけではないらしいな、とほっとする。

「そりゃあ、わたしは母の仕事を覚えていて、魔導具作製に関しては実践的な知識を少し持っています。けど、わたしの魔力保有量は、最下級クラスにかろうじて引っかかる程度のものでしかありません。この国最高の魔力保有量を誇る皇帝陛下ご一族の血を引いているなら、いくらなんでもありえないのではないでしょうか？」

そうやってさくさくと現実を並べてみせると、シャノンの瞳にも少しずつ揺らぎが見えてきた。

いっそのこと、自分の髪がこの皇都で——そして恐らく皇帝一族の間で、忌み嫌われている銀髪なのだと明かしてやろうか。

一瞬そう思ったけれど、今後の平穏な学生生活のためにやめておくことにする。

それにしても一体全体、なぜこんなばかなこじつけ話を思いついてしまったものやら。あきれ半分でシャノンを眺めていると、彼の指がぐっとチョーカーを握(にぎ)りしめた。

「二十年前――オレの祖父は、シャーロット殿下を護衛する騎士のひとりだった」

低く抑(おさ)えた声にこめられた思いに、息を呑む。

「祖父は今でも、殿下のご無事を信じている。どんな絶望的な状況の中でも、必ず奇跡を起こしてくださる方だったと。その殿下が、自分より先に亡(な)くなるわけがないと」

年寄りの昔話で片付けるには、少々重すぎる話だ。

シャノンが強い瞳でこちらを見た。

「――いいか。おまえの術式を構築する速さも正確さも、はっきり言って『楽園』の教官たちよりも遙(はる)かに上だ。いくら魔力保有量が少なくても、そんな天性のセンスの持ち主がそうそう転がっていてたまるか」

彼はまったくあきらめるつもりはないらしい。

(何このひと、めんどくさい)

先日のリージェスといい、貴族のお坊ちゃまはみんなめんどうくさいイキモノなのだろうか。

ヴィクトリアは、思わず半目になった。両手を拳(こぶし)にしてぐりぐりとこめかみを押し、口を開く。

「えーと……ランゲさま？　百万歩譲(ゆず)って、わたしの母がシャーロット殿下だったとしましょう。ですけど、母はすでに亡くなっています。それを証明することは、もはや不可能です。あなたは一体、何をなさりたいのですか？　まさか、こんな鶏ガラのような貧相な子どもを、ちょっとばかり魔導具作製に長けているからといって、シャーロット殿下の忘れ形見としておじいさまの前に連れていきたいわけではないでしょう？」

うむ、とシャノンはうなずいた。

目を覚ましてくれたかと、ヴィクトリアはほっとしたのだが――

「もっとちゃんとメシを食え。オレはじーさんから、シャーロット殿下がどんな方だったのか、詳しく話を聞いてくる」

「ほんっとにひとの話を聞かない方ですね！」

思わず声を荒らげてしまう。ここまで来ると、あきれを通り越してちょっと感心する。

シャノンはちっと舌打ちした。お坊ちゃまのくせに、行儀が悪い。

ヴィクトリアは顔をしかめる。

（ふーんだ。やな感じー）

「――とりあえず、魔導具を作製できるようになるのは、最低でも『楽園』で二年までの課程を履修し終えてからだっていう常識くらい覚えておけ。オレの同期でも、まだ四苦八苦してるヤツがいる。入学から半年足らずのおまえがホイホイやってみせたら、反感を買うかもしれねえ。座学で首席ってだけでも充分すぎるくらい目立ってんだ。めんどうごとがいやなら、あんまり派手な真似はするなよ」

「は……はい！　ご忠告ありがとうございます！」

（なんていいひとなんだ、ラングさまー！）

ヴィクトリアは、一瞬で手のひらを返した。

そんな彼女に、シャノンはふと何かを思い出したらしい。

「そういやおまえ、さっき時計店を見ていたのはあれか？　目覚まし時計を買いにきてたのか、遅刻常習犯」

からかうように言われ、シャノンへの好感度がふたたび下がった。

「……はい。でも、すでに持っているものよりいいものが見当たらなかったのです。残念に思っていたところでした」

こちとら、好きで遅刻しているわけではないのだ。

むっつりとしていると、シャノンがあきれ返った顔をする。

「おまえ……魔導剣を作れるレベルのスキルがあるんだったら、目覚まし時計くらい自分で調整したらどうなんだよ？」

「あっ」

盲点だった。

『楽園』に入学して以来、怒濤の如く知識を詰めこんできた。

加えて母の実践的な技術を覚えていても、それらをどう活用したらいいのか、いまだまったくわからないヴィクトリアだった。

己の応用力の低さに愕然としつつも、そう簡単にいかない事情もある。

ヴィクトリアは、ぽりぽりと頬を掻いた。

「そう言われれば、その通りなのですが……。わたしの魔力保有量では、なかなか魔導石を作ることはできませんし」

魔力保有量の多い人間なら、身につけているだけで簡単に普通の石を魔導石化できる。しかし、魔力保有量の少ない人間が石に魔力を吸わせるには、時間がかかるのだ。

魔力を吸いやすい貴石なら、普通の石より短時間で純度の高い魔導石にすることができるだろうが、ヴィクトリアが貴石を入手するのは難しい。貴石はとても高価で、シャノンのように金に困らない、極一部の貴族のお坊ちゃまでないと手が届かない代物なのだ。

だから単純に言えば、魔力保有量の多い人間は、魔力保有量の少ない者より、質のいい魔導石をたくさん持てる。生活魔導具の素体となる小さなものとはいえ、母は商売に困らない程度に魔導石を量産できていた。

きっと、それなりの魔力があったのだろう。うらやましい。

シャノンはなるほど、とうなずいた。

「これが宝の持ち腐れというやつか」

「身もふたもないことをおっしゃいますねぇ」

自分も相当だが、シャノンの口の残念具合もかなりのものだ。

せっかくこれだけのイケメンなのに、歯に衣着せぬことばかりつるつる言っていては、女性にモテないのでは。そう思ったものの——

(――うん。『ただしイケメンに限る』スキルと、オカネモチな貴族のお坊ちゃまステイタスは、これくらいのことで揺らいだりはしないんだな。多分、きっと)

世の中とは不公平なものらしい。本当にしみじみと、そう思った。

少々いじけていたヴィクトリアに、寮長同様に天から二物も三物も与えられたらしいシャノンがさらりと言う。

「とりあえず、まずはこの魔導剣を試してみたい。明日の放課後、訓練室をひとつ押さえるから、付き合え」

「あ、はい。私も微調整したいです。何か気になるところがあったら、おっしゃってください」

魔導具というのは、作ってお客さまに納品すればおしまい、というものではない。

こまめなアフターケアをにこにこ笑ってこなしてこそ、新たな顧客に繋がる――というのが、母の遺したありがたい教えのひとつである。

＊　＊　＊

翌日、ヴィクトリアは周囲に気づかれないよう注意を払いながら、魔導具の訓練棟に向かった。

使用者プレートにシャノンの名前がかかっている一室に、ノックして入室する。

そして挨拶すべく顔を上げたところで、跳び上がり後ずさった。その拍子にごん、と景気よく壁に頭を打つ。

「〜〜っ！」

かなり衝撃を受けた頭を抱え、うずくまる。

そこに、くっくっとシャノンの笑い声が聞こえてきた。腹立たしい。

「予想通りって言っちゃ、予想通りの反応だが……。何も、そこまでビビらなくたっていいだろう。なあ？　リージェス」

「……ああ」

不機嫌極まりない調子でぼそっと短く返したのは、最近ヴィクトリアが全力で接触を避けていた黒髪の寮長さまだ。

彼らが腐れ縁という名の友人関係にあることは、すでに知らされていた。

それなのに、この可能性を少しも考慮していなかった自分が情けない。

新しい魔導剣の試用を兼ねた訓練であれば、気心の知れた友人を連れてきてもおかしくないではないか。

一瞬、このまま回れ右をして帰りたくなる。だが、仮にも魔導具職人を目指している身としては、それはできない。

結局、ぼそぼそと挨拶を口にして、訓練室のすみの安全圏で膝を抱えた。

そんなヴィクトリアに苦笑をにじませたシャノンと、無表情に視線を逸らしたリージェス。

ふたりが並んでいるところを、一度でいいから見てみたいッ！　などという煩悩は、すでに遠いお空の彼方に消えていた。

リージェスの絶対零度の眼差(まなざ)しにきゅんきゅんときめいてしまう方も、この世のどこかにはいらっしゃるのかもしれない。

けれど、少なくともなんの後(うし)ろ盾(だて)もない平民のヴィクトリアにとっては、ひたすら恐ろしいだけだ。

ここはもう、リージェスの存在は極力意識から排除して、お客さまであるシャノンだけに集中しよう、と決意した。

シャノンが部屋のまん中で、ポジションをとる。

――昨日作ったばかりの魔導具に、彼が魔力を注(そそ)ぎこむ。

それと同時に光が溢(あふ)れ、白銀に煌(きら)めく剣がシャノンの右手に握(にぎ)られていた。

(おぉう。我ながらいい出来ではないですか)

剣は、所有者であるシャノンの意思を反映するようになっている。恐らく、彼が普段から慣れ親しんでいる剣の長さと重さを忠実に再現しているだろう。強度や反応速度に関しても妥協はしていない。

ただし、ヴィクトリアの趣味(しゅみ)によりデザインは少々優美だ。

どうせなら、イケメンにはキレイなものを持っていただいて萌(も)え萌えしたい。乙女として当然の欲求だと思う。

とはいえ、あまりごてごてしたものは好きではない。

刃には強度を失わないぎりぎりの薄さと細さを持たせ、柄(つか)のバランスを考慮して全体の均整を取る。柄の根元に配置した魔導石には、シャノンの指輪に彫りこまれていたラング家の家紋を刻んで、アクセントにした。

そのデザインのベースにしたのは、母の形見の飾り剣だ。

シャノンが実戦で使うことを前提として設定したため、母のものとは多少違う。

それでもやはり、イケメンが好みの武器を持っている姿は、実に萌えるものである。

ヴィクトリアは、内心ぐふぐふと不気味な笑いをこぼす。

すると萌えの対象であるイケメンが、何度か剣を軽く振った後、無言で近づいてきた。ヴィクトリアは慌てて立ち上がる。

「あ……何か不具合でも――」

「ヴィクトリア・コーザ。……『楽園』卒業後の希望は、故郷に戻って生活魔導具作製を生業にする、だったか？」

妙に平坦な声である。ヴィクトリアは首をかしげた。

「はい。それが何か？」

シャノンは、それはそれは麗しい笑みをにっこりと浮かべた。

「ふざけんな？」

「……へ？　いだだだだ、痛い痛い痛いいぃいいーっ！」

彼はがっしとヴィクトリアの頭を鷲掴みにし、ぎりぎりと力をこめた。あまりの強さにヴィクトリアは悲鳴を上げる。

「やかましい！　ほとんど独学でこんっだけの魔導剣を作れるガキが、田舎で生活魔導具作りなんてはじめてみろ！　あっという間に厄介な連中に目をつけられるぞ！　監禁されて、強制魔導具作製人生まっしぐらだ！」

「えええええっ！　それはいやです！　なのでこの件については他言無用ということでお願いします！」

「手遅れだ！　こっちには武門の貴族として、有用な人材を発見したら即確保する義務がある！」

ふんぞり返って言うシャノンの向こうずねを、力一杯蹴飛ばしてやりたい。恐ろしいので、思うだけで行動には移せないのだが。

うーうーと涙目になりながら、せめて自分の頭をしめつける指を引きはがそうと試みる。

しかし、シャノンのやたらと大きな手をかりかり引っ掻くだけで、精一杯だ。

「は、離してくださいぃー……」

冗談抜きに、痛すぎる。

こちらが本気で痛がっているのが伝わったのか、ほんの少しだけ力がゆるむ。けれど、完全に離してはくれない。

シャノンが、やたらと優しげな声で口を開いた。

「ヴィクトリア・コーザ。我がラング侯爵家の後見を受けるな？」

「う……受けたら、何かいいことあるんですかぁ……？」

めそめそしながら問うと、シャノンは一瞬あきれ果てたような顔をする。大きく口を開け、それから深々と息を吐いて答えた。

「……とりあえず、将来食うに困ることはないぞ」

ヴィクトリアは、かっと目を見開いた。

「よろしくお願いいたします！」

「よーし、いい子だー」

シャノンの手が、頭の上でぽんぽんとはずむ。

ヴィクトリアは、目を瞬(またた)かせた。

「あの……」

「ん？　なんだ？」

満足げな顔のシャノンに、もしかして、と恐る恐る問いかける。

「今後はラングさまのことを、ご主人さまとお呼びした方がいいのでしょうか？」

シャノンが微妙(びみょう)な顔で固まった。

少しの間遠くを見て、ぼそっとつぶやく。

「……確かに貴族の中には、後見した相手にそう呼ばせる連中もいる。だが、どうやらオレはそう呼ばれると鳥肌が立つタイプらしい。というわけで、今後オレのことはシャノンと呼ぶように」

「わかりました、シャノンさま」

リージェスのことは、きれいさっぱり忘れていた。

＊＊＊

それから数日の内に、後見を受けるために必要な書類はすべて整えられていた。ヴィクトリアはシャノンに言われるまま、それらにサインする。

契約内容は、至ってシンプル。

「困ったときには助けてやるから、皇都から出てどこかに行くときには必ずラング家に報告しなさいね」というものだ。

一般的な後見がどういったものか、ヴィクトリアは知らない。それにしても随分ゆるい制約だな、と首をかしげていると、シャノンが苦笑した。

「今のおまえは、なんだかんだ言ったところで十五歳の学生だからな。この契約は、おまえが十八歳になって成人するまでだ。契約更新のときには、この三倍は書類が出てくる。覚悟しとけよ」

未成年相手では、いくらお貴族さまでもそう無茶なことはできないらしい。

何が待ち受けているのか心配だったヴィクトリアは、若干ほっとした。

ラング侯爵家に後見してもらうと決まったが、だからといって『楽園』での学生生活に変化があるわけではない。

後見してもらったと話す相手もいない。

そんなことになったと知れたら、やっかみや嫉妬の的にされてしまうかもしれないから、かえってよかった。

何しろ、優秀なリージェスと唯一対等に接することのできるシャノンだ。彼もまた、生徒たちの憧れの的である。

……男同士で憧れだの崇拝だのという話になるなんて、ヴィクトリアには理解不能だ。昔、近所に住んでいたお姉さまに、怒濤の勢いで理解を示している方がいたが。

でも、そのあたりに今ひとつうといヴィクトリアは、「なんか、あんまり近づきたくないのですよ」となってしまう。

一歩『楽園』の外に出れば、この皇都にはきれいな女性も可愛い少女もいらっしゃるというのに、なぜリージェスたちに熱い視線を送るのか。

ガチンコ勝負をしたらひと捻りにされそうな危険物をうっとり見つめているとは――ひょっとして彼らは、別の意味でちょっぴり近づかない方がいい人種なのだろうか。

怖すぎる。

まぁ、貴族の子弟のほとんどが親の決めた婚約者と結婚すると決まっているらしい。それを考えれば、将来を考えることのできない女性に声をかけるというのも、切なくなるのかもしれない。

そんな風に、ヴィクトリアはどうにか自分を納得させられる理屈を捻り出すことに成功した。

平民って自由でいいなーと思いつつ、ふたたび時計店へと足を向ける。

大音量目覚まし時計を作るために、手持ちの魔導石では力が足りなかったからだ。

今朝の点呼に、危うく遅刻しかけてしまった。

後見が決まった直後に罰則のトイレ掃除を受けては、シャノンに顔向けできない。

（でもなー……将来設計がここまで変わると、さすがにちょっと落ち着かないなぁ）

あれからシャノンの説明を受けたところによると、ヴィクトリアが母から学んだ魔導具作製の実践理論は、『楽園』の四年間のカリキュラムを充分網羅しているらしい。

もちろん、新しい理論や方法論は次々と出てきている。

学年が上がって最新の知識を学ぶ機会が増えれば、今までのように首席をキープするのは困難になるだろう。けれど、少なくとも生活魔導具職人として生きていくには、充分なのだとか。

こんなことなら、構築した術式を魔導石に付与する技術を学んだ時点で、故郷に帰っておけばよかった。しかし悔やんでも後の祭りだ。

ヴィクトリアは、怖いのも痛いのも大嫌いなのである。

戦闘実技の授業もいやだし、「戦うため」の魔導剣や武器系魔導具なんて本当は作りたくない。

——だけど、もうわかっている。

何も考えずに飛びこんでしまった『楽園』が、いずれ国——皇国軍の中枢を担うエリートを育成する機関であることくらい。

もちろん、実際にそうなるのは、トップクラスの成績を修めているリージェスやシャノンのような、極一部の生徒だけなのだろう。

けれど、ほかの生徒も将来軍属になることを当然と考えている者ばかりだ。

その学校に、「将来は田舎で生活魔導具を作って生活したい」なんてとぼけたことを考えて入学した自分は、ただのおばかだった。

それは、さまざまな戦闘関連の授業の中で、もう何度も思い知らされた。

……ここ二十年ほど、戦らしい戦はなかった。それに、皇都の衛兵たちも『楽園』が実際はどんな機関か知らなかったのかもしれない。

でも、ヴィクトリアにここに行けばいいとすすめてくれた彼らは、絶対に平和ボケしていると思う。

（いや、いいんだけど。衛兵さんが平和ボケするくらい、今の皇都が平和だってのは、いいことだとは思うんだけど。……わたしの人生設計の狂い具合が、ちょっと気になってるだけでね！）

とりあえず、いつかまたあの衛兵たちに会うことがあったなら、背後から膝かっくんしても許されるに違いない。

そんなことを考えながら、ヴィクトリアは街を歩く。そのとき、ふとすぐそばのショーウィンドウに飾られている品に目を惹かれた。

小洒落た小物や生活雑貨を扱う店らしいが、ちょっとした生活魔導具も売っているようだ。

それらのお値段は――恐らく、皇都価格というものなのだろう。ヴィクトリアが見慣れた値札とはかなりの差がある。

けれど、洗練されたデザイン、魅力的な性能ともに、実にすばらしい。こういうものを自分で作れたなら楽しくて仕方がないだろうな、と思うものばかりだ。

いいなー、いいなーと心の中でつぶやき、うっとりと眺める。

そこに、くすくすと笑う可愛らしい声が聞こえた。

振り返れば、それはそれは愛くるしい七、八歳ほどの少女がいる。

どこか儚さを漂わせる、繊細な風情。空気にとけそうな淡い金髪。鮮やかな碧眼がよく映える、透き通るような白い肌。

ちょっと現実離れした雰囲気の可憐な姿は、まるで宗教画の中から天使が飛び出してきたみたいだ。

ヴィクトリアはあまりの可愛さに、目を疑った。

これは本当に生きた人間だろうか、誰かの作った魔導人形じゃあるまいな。

そう勘ぐってしまったけれど、どうやら本物の人間らしい。

身なりや、付き添いの女性がそばにいるところを見ると、随分いい家柄の子のようだ。

少女は少し困った顔をして笑いをおさめると、白いリボンをつけた頭でぺこりと会釈した。

「ごめんなさい、笑ったりして。でもわたくし、男の方が可愛らしいものを見てうっとりしているところなんて、今まで見たことがなかったのですもの」

少女の言葉に、ヴィクトリアは思わずほほえんで答えた。

「わたしは子どもの頃から、こういったものを見るのが大好きなもので……。お見苦しくて、申し訳ありません」

軽く頭を下げると、少女は慌てて手を振る。

「見苦しいだなんて、そんなことはないのよ？　わたくしだって、可愛らしいものは大好きですもの」

「そうなのですか？」

ええ、と少女は嬉しそうにうなずいた。

「特に、あの小鳥のシリーズが大好きなの。お友達にお手紙を書くときには、いつもあのレターセットを使っているのよ」

そう言って少女が指したのは、色鮮(いろあざ)やかな小鳥たちの愛くるしい表情が描かれたイラストシリーズだった。

木の実をついばんでいたり、羽ばたいていたり、ペアで羽繕(はづくろ)いをしているものまであり、デザインのバリエーションも豊富だ。

「本当だ。とても可愛らしいですね」

「でしょう？」

ヴィクトリアを見上げる少女の姿に、ほっこりする。

殺伐とした『楽園』生活で若干(じゃっかん)やさぐれた気分になっていたヴィクトリアは、とっても癒(い)やされた。

そのお礼におもしろいものを見せてあげようと、少しだけ自分の魔力が貯まった小さな魔導石をポケットから取り出す。

ヴィクトリアが作り出せる魔導石でできるのは、外観設定と単純な術式を組みこむことだけ。

けれど、ちょっとしたプレゼントを作るには充分だ。

故郷近くの南の森には、皇都では見られない鮮やかな羽を持つ鳥たちがたくさんいた。

それらを思い浮かべ、少女の好みそうなパステルカラーの羽を持つ小さな小鳥を選ぶ。姿を再現すべく、術式を作り上げる。

「――起動」

「まぁあ!?」

一瞬の淡い光の後、ヴィクトリアの手のひらに小鳥が現れる。小鳥は、彼女が覚えている通りの高く澄んだ声でピィ、と鳴いた。

少女の瞳がきらきらと輝き、食い入るように小鳥を見つめる。

「残念ながら、すぐに動かなくなってしまうと思うのですが――身近に魔力持ちの方はいらっしゃいますか？　その方に魔力を補充していただければ、またきちんと動くと思います」

「え？　あの……え？　この小鳥、わたくしにくださるの……？」

驚いた顔で尋ねる少女に、ヴィクトリアはにっこりと笑ってみせた。

「わたしと同じ、可愛いものがお好きな方にもらっていただけると、嬉しいです」

「……ありがとう！　大切にするわ！」

満面の笑みを浮かべた少女の手のひらに、小鳥がぴょんと飛び乗る。

とろけそうな眼差しで小鳥を眺める少女を見て、ヴィクトリアはしみじみと思った。

可愛いは、正義だ――と。

（あー……癒やされるー……）

『楽園』内にも、美少女と見紛うようなきらきらしい美少年はいる。でも、いくら可愛かろうが男。

幼い頃から、近所の農家のマッチョなおっちゃんたちに可愛がられて育ったヴィクトリアだ。

残念ながら、なよなよしい美少年にはさっぱり萌えないのである。

大体、どんなに可憐な美少年だって、いずれはヒゲやスネ毛が生えて声も低くなる。おまけに、キレイなお姉さま方を見て、鼻息荒くハッスルしはじめるものなのだ。

あれはもう、ほとんど詐欺と言っていいと思う。

その点、美少女はいい。

将来、どれほど麗しく花開いてくれるかを考えると、胸がときめく。その蕾である今の一瞬の儚さも、実に捨てがたい。

そうして、しばし美少女の笑顔を堪能したヴィクトリアは、はたと目的を思い出した。

自分は己の頑固な寝汚さに打ち勝ち、明るい未来を手に入れなくてはならない。そのために、時計店で素敵な目覚まし時計を物色すべく、街へ出てきたのである。

レディに向けるものとしては間違っているかもしれないが、『楽園』で覚えた目上の相手に対する礼を取る。

「それでは、失礼いたします。小さなレディ」

「え？　あ、待って！　あなた、お名前は？　わたくしは、ミュリエル。ミュリエル・ラングよ」

その瞬間、ヴィクトリアはびしっと固まった。

恐る恐る、口を開く。

「……あの、もしやシャノンさまの妹君でいらっしゃいますか？」

少女は大きな目を驚いたように瞬かせた。

「あら、お兄さまをご存じなの？」

……そういえば、少女のスカイブルーの瞳はあの貴族らしからぬ乱暴な青年のそれと、そっくりだ。

ヴィクトリアは呆然として、思わずつぶやいた。

「なんという、美形祭りなご兄妹……」

「え？」

きょとんとした少女に、慌てて首を振る。

「いいいえいいえいいえ！　あの、シャノンさまには……と申しますか、侯爵家には大変お世話になっておりまして……。えぇと、その、先日侯爵家に後見していただくことになりました、ヴィクトリア・コーザと申します！　このたびは大変なご無礼を……！」

混乱の末、ヴィクトリアはがばっと勢いよく頭を下げた。

いいところのお嬢さんだろうと思っていたが、まさか皇国軍でリージェスのメイア伯爵家と並び称される武門、ラング侯爵家のお姫さまとは。

先日来、そのあたりの事情をようやく把握しはじめたばかりである。ヴィクトリアは、だらだらと背筋に冷や汗が流れ落ちるのを感じていた。

ミュリエルの背後に黙って付き従っている女性にも、頭を下げる。ラング家のお姫さまの付き添いともなれば、彼女はかなりの実力を持つに違いない。戦闘実技の授業で最下位をキープ中の自分など、一瞬で地面に沈めてくださることだろう。

今までのミュリエルとのやり取りをざっと思い返す。

何か切捨御免にされるようなことはなかっただろうかと青ざめていると、下げたままの頭に小さな重みが載った。

ピィ、と鳴いたそれは、たった今自分が作り上げた小鳥の魔導具。

「……お兄さまがとても気にかけていらっしゃるので、どのような方かと気になっておりました。まさか、こんな可愛いもの好きの方だとは思いませんでしたわ？」

笑いを含んだ少女の声は、どうやら怒っている風ではない。

ヴィクトリアは、ぎくしゃくと顔を上げる。

その拍子にヴィクトリアの肩に移動した小鳥を見て、少女はにこりと笑った。

「わたくしと、お友達になっていただける？　ヴィクトリアさん」

え、とヴィクトリアは目を瞬かせた。

「いえ、あの……わたしは平民で……。恐れ多いです」

ぼそぼそつぶやいたヴィクトリアに、ミュリエルは拗ねたようにぷっくりと頬を膨らませた。

「可愛いもの好きに、貴族も平民もありませんわ？　わたくしはお友達に、次は仔猫を所望します」

可愛らしいワガママに、ヴィクトリアは屈(くつ)した。

肩の小鳥を手のひらに移し、改めて少女の手に載せる。

「……次にお会いするときは、可愛い仔猫(こねこ)をお贈りしますね」

「できれば、黒い仔猫がいいわ」

承知いたしました、とヴィクトリアはほほえんだ。

――目覚まし時計のことは、すっかり忘れていた。

第三章　メイア家の別荘にて

ヴィクトリアは困っていた。

『楽園』の寮は、各部屋が内線通信機で繋がっている。それぞれ登録した暗証番号を教え合えば、自由に連絡が取れるシステムだ。

今のところ、ヴィクトリアが知っている番号はシャノンのものだけ。ヴィクトリアが自分の番号を教えているのも、彼だけだ。

だからといって、こちらから連絡をするつもりなど一切なかった。同様に、大事な用でもなければ、向こうから連絡が来ることもないだろうと思っていたのだが――

『おい。聞いてるのか？　じーさんに聞いてみたら、シャーロット殿下はそれは美しいスミレ色の瞳をされていたらしい。おまえの母親の瞳はどうだった？』

「はぁ……確かにわたしの母の瞳はスミレ色でしたが。シャノンさま？　何度も言いますが、金髪もスミレ色の瞳もそう珍しくありませんからね？」

――彼はいまだに、わけのわからない妄想に取りつかれているようだ。ことあるごとに、母について細々とした質問をしてくるのである。

先日『シャーロット殿下は、大層巨乳だったらしいんだが』と言われたときには、無言で通話を切ってやった。

それ以来しばらく音沙汰(おとさた)がなかったのだが、ブームが復活してしまったみたいである。

まったく、つくづくめんどうなお方である。

そういえば、彼は年の離れた妹のミュリエルを大層可愛がっているらしい。街で知り合ったことを伝えると、やけに明るい声で『手ぇ出したら殺すぞ?』と脅された。

めんどうな性格の上にシスコンとは、いくらイケメンでも残念すぎる。なんだか悲しくなってきた。

とはいえ、あんなに愛くるしい妹がいたら、自分も間違いなくシスコンになっていただろう。だから、そのあたりはあまり指摘(してき)しないことにする。

(最近、ますます朝がつらいし……)

今朝も危(あや)うく点呼に遅刻しかけたことを思い出し、ヴィクトリアは小さくため息をついた。

なんだかんだ言っても、男だらけのむさ苦しい空間に性別を隠して潜(もぐ)りこんでいる生活は、ストレスが蓄積(ちくせき)して当然なのかもしれない。

少なくとも、素敵な目覚まし時計を入手できず、毎日点呼に遅刻しないよう気を張りつめている状況はよろしくない。

……そこで「眠れない」ではなく、「起きられない」方向に症状が出るあたり残念だ。もしかしたら自分は他人様(ひとさま)よりちょっぴり図太(ずぶと)いのでは、という可能性からは、とりあえず目を背(そむ)けることにした。

人間、自分の本質に目をつぶっても、それなりに生きていけるものなのである。

ヴィクトリアがたそがれながら部屋の壁を見ていると、シャノンが唐突に話題を変えた。

『なあ。そういやおまえ、夏の休暇はどうすんだ。地元に帰るのか？』

「いえ。皇都に出てくるときに、田舎(いなか)の借家は引き払ってきました。何かアルバイトを探そうと思っています」

トイレ掃除で縁のできた清掃業者に頼んだら、手頃な仕事を回してくれるかもしれない。

ヴィクトリアのトイレ掃除の腕前は、彼らもばっちり認めてくれている。

だがそう続ける前に、シャノンは楽しげに言った。

『ちょうどいい。おまえ、うちに来て少し息抜きでもしたらどうだ？』

冗談ではない。ヴィクトリアはひくりと頬を引きつらせた。

夜には完全にプライベート空間にいられる寮(りょう)だからこそ、こうして少年で通すことができているのである。

それに、このところ心配ごとが増えた。

寮で出る栄養バランスばっちりの食事のおかげなのか、とあるパーツがすくすく育ってくれているのだ。そのせいで、以前は必要なかったサラシが手離せなくなってしまっている。

これ以上余計なストレスを抱(かか)えこむなんて、断じてごめん被(こうむ)りたい。

「……お気持ちはありがたいです。でも、その……やはり貴族のお屋敷(やしき)にお邪魔するのは、ちょっと怖いというか……。わたしはマナーも何も知りませんし」

もごもごと歯切れ悪く言うと、シャノンはそれ以上強く誘ってはこなかった。

もしかしたら、ただの社交辞令だったのかもしれない。

ほっとしながら通話を切ったヴィクトリアは、ベッドに転がって片手を持ち上げてみた。

――以前、シャノンに「鶏ガラ」などと言われた腕も、あれからひと月ほどでやっとしっかりしてきたと思う。

けれどヴィクトリアの手は、どうしたって彼のように大きくはならない。

魔力保有量の低さという問題以前に、この手は武器を持つには小さすぎる。

入学したばかりの頃は、体術の授業のたびに相手に吹っ飛ばされて、青あざだらけになっていた。

近頃ではヴィクトリアがあまりに弱いため、周囲が手加減してくれる。もう、ほとんどけがもなくなった。

おまえは、弱い。必要ない。

そう思い知らされながらずっと過ごすのは、仕方がないと割り切ってはいても、やはり胸のどこかが鈍く軋んだ。

自分に言い訳して、周囲をごまかすことばかり上手になっていくような気がする。そんな時間は、あんまり楽しいものじゃない。

ヴィクトリアを気遣ってくれるのは、『楽園』内でシャノンだけ。それだって、彼のおかしな思いこみのせいだ。

（ほんとに……銀髪のわたしが、皇帝一族の血を引いているわけがないじゃない）

はぁと嘆息して、下ろした手で目を覆う。

自分はまだまだ、何も知らない子どもだ。

己の置かれている立場さえよくわからないまま、望んでいた将来とはまったく違う方向行きのレールの上で、ばかみたいにもがいている。

何が正しいのか、どうすることが正しいのか――少しもわからない。

今はただ、自分よりも遥かに皇都の常識を知っていて、意思の強いシャノンに流されている。

そんなことでは、いつか後悔するんじゃないか。そう思うのに、ほかにどんな道があるのかもわからない。

……母は心から誇りに思える女性だった。

けれど、やっぱり、せめて自分が成人するくらいまでは生きていてほしかったと思う。

物思いにふけっていたヴィクトリアは、ふと思い出した。

（……あ。そろそろ、髪染めを買いにいかなきゃ）

こまめに使っているため、髪を染める薬剤はすぐになくなってしまう。

銀髪は、伸びてきた部分が白髪に見えそうで、なんだかいやだ。

ストレスでハゲるよりはマシかもしれない。

だが、いくらクラスの最下層で生きているからといって、ストレスで白髪になったと思われるのだけは、断固として遠慮したい。

ヴィクトリアはのろのろとベッドから起き出して、シャワーを浴びた。

もう夏の盛りだ。部屋の空調は効いているけれど、こうも暑いと朝夕シャワーを浴びないと気持ちが悪くて仕方ない。

ヴィクトリアは、ショートパンツに制服の下に着る袖なしのアンダーシャツだけという格好で、がしがしと髪の水滴をぬぐう。

そこでふたたび、通信機が着信のメロディを奏でた。

「――はい。どうなさいましたか？　シャノンさま」

一日に二度も連絡してくるとは珍しいな、と思いながら出る。

だが通信機から聞こえてきたのは、予想していた明るいトーンの声ではない。低く、淡々としたものだった。

『リージェス・メイアだ。夏の休暇の件で――』

「ふおぉう!?　……っっいー……っ」

驚きのあまり、ヴィクトリアは通信機を放り出す。その拍子に椅子に腰をかけ損ね、尻餅をついた上に机の脚に思いきり頭をぶつけた。

――痛い。

ものすごく、痛い。

これ以上おばかになったらどうしよう。

ヴィクトリアは、頭を抱えて悶絶した。しばらく涙目になって痛みに耐えていると、突然扉を強く叩く音が響いた。次いで聞こえてきた声に、床からぴょっと跳び上がる。

「おい、コーザ！　どうした、何があった⁉」

（ななな何もございません、寮長さまあああああっ！　ただわたしにとってアナタの声が、恐怖心を刺激するだけなんですーー！）

ヴィクトリアが素っ頓狂な悲鳴を上げて通話が切れたものだから、リージェスは驚いて飛んできたようだ。

責任感の強い寮長さまらしい。

痛む頭が軽くパニックを起こす。ヴィクトリアはわたわたと立ち上がると、そのまま内開きの扉を引いた。

「す……すみません！　ちょっとびっくりして、椅子から落ちただけなん――寮長さま？　どうなさいましたか？」

見上げると、相変わらず大層見目麗しい黒髪のイケメンが、眼鏡の奥の目を大きく見開いて固まっていた。

いつも無駄にえらそう――否、冷静沈着で無表情なことが多い彼のこんな姿は、かなりレアである。

一体どうしたのだろう、と首をかしげる。

リージェスの薄い唇がひく、と震えた。

「……コーザ……か……？」

「はい？」

きょとんと瞬きをしたところで、リージェスの白皙の顔が、かっと赤くなる。

驚いたヴィクトリアの目の前で、ものすごい勢いで扉が閉まった。

「へ？　あの、寮長さま？　どうなさったんですか？」

扉の取っ手を引っ張ってみても、彼が押さえているのかびくともしない。

何が何やらと混乱していると、扉の向こうでリージェスが盛大な怒鳴り声を上げた。

「ふ……っ服を着ろ、大馬鹿者がーっっ!!」

（……おぉ？）

そこでようやく、ヴィクトリアは自分が下着姿に近い、だらしない格好だと気づいた。その上、自室以外でははずしたことのない、分厚い眼鏡も装着していない。

……いつか、誰かにバレることがあるかもしれないとは思っていた。

けれど、それが友人からもカタブツと言われる、融通の利かなそうな寮長さまとは。

運が悪いにもほどがある。

これはもしかして、放校されてしまうのだろうか。

シャノンさま、せっかく後見してくださったのにごめんなさい。そう思いながら、サラシを巻いて服を着る。

少し迷ったけれど、今更無駄かと眼鏡は机に置いたまま扉の向こうに声をかける。

「あの……申し訳ありませんでした。もう、大丈夫です」

リージェスの答えはなかったけれど、取っ手を引くと今度はすぐに扉が開いた。

恐る恐る見上げれば、まだ赤みの残る不機嫌極まりない顔をした彼がいる。ヴィクトリアと目が合うと軽く目を瞠って、ぱっと視線を逸らした。

彼は小さく息を吐き、苦々しい声で口を開く。

「……話を、聞かせてもらおうか」

「あ……はい。どうぞ」

一瞬、彼の崇拝者たちにきゅっとシメられる未来が脳裏をよぎる。しかし、今はそんなことを気にしている場合ではない。

室内に招き入れると、リージェスは少し迷う素振りを見せてから扉を閉めた。

ヴィクトリアは感動した。

(ほほう。これが噂の、「貴族のお坊ちゃまは、女性と密室でふたりきりになってはいけないルール」だろうか！　まさかナマで見られるとは！)

……若干、現実逃避したかったのである。

とにかくリージェスに椅子をすすめ、自分はちんまりとベッドの端に腰かける。

彼の不機嫌オーラが怖すぎて、ヴィクトリアはうつむいた。

なんとも言いがたい沈黙がしばらく続いた後、リージェスが低く問いかけてきた。

「おまえの話は、どこまでが本当だ？」

「……はい？」

ヴィクトリアはきょとんと顔を上げる。

リージェスは軽く目を細めて彼女を見据(みす)えた。

「おまえがオレに言った言葉は、どこまでが本当なんだと聞いている」

もう逃げられない。ヴィクトリアは潔(いさぎよ)く頭を下げた。

「すみません！　わたし本当は、魔導具の勉強がしたくて『楽園』に入ったんじゃないんです！　母が亡(な)くなって路頭に迷いかけていたときに、ここなら学費食費そのほかの経費がすべてタダだと教わって。その素敵すぎる条件に目がくらんでしまっただけなんですーっ!!」

いつか学びを国民のために生かすという崇高(すうこう)な志(こころざし)を持つ彼だ。ヴィクトリアの入学動機はさぞ腹立たしいことだろう。

だがリージェスは、少しの間(ま)の後、ぽつりとつぶやいた。

「……それだけか？」

「え？　あの……それだけ、ですが？」

てっきりふざけるなと罵倒(ばとう)されると思っていたため、ついびくびくと腰が引けてしまう。

ヴィクトリアは、叱(しか)られるのも怒られるのも、怖いから嫌いなのだ。

怖いよー、怖いよー、母さん助けてー、と涙目になっていると、リージェスがふと狼狽(ろうばい)したように目を泳がせた。

「い、いや……。その、『楽園』入学の志望動機は、特に規制されていない。……だが、なぜ、男だと偽(いつわ)ってまで……？」

「……偽ってません」

何？　とリージェスは目を瞬かせる。

ヴィクトリアは、ぼそっとつぶやいた。

「ただ、今まで誰にも何も聞かれなかったんです」

ヴィクトリアは支給された制服を着て、『楽園』の授業を受けていただけだ。

リージェスがなんともいえない顔で、問いを続ける。

「……眼鏡は？　視力が悪いわけではないのか？」

「わたし、本当は銀髪なんです。皇都に来たばかりのとき、ここでは銀髪は目の敵にされると教わったので、髪を切って染めました。でも、眉やまつげまでは染められませんから、隠すためにかけてます」

リージェスの口元が、ひくっと引きつった。

「そんな理由で……女が髪を切ったのか？」

一層低くなった声に、ヴィクトリアは半泣きで反論する。

「だってだって……っ、皇都に着いたときには、もう故郷に帰る旅費も残ってなかったですし！　波風を立てずにやっていこうと思ったら、切るしかないじゃないですかー！」

そんなヴィクトリアに、リージェスはくわっと雷を落とした。

「今でも銀髪を忌み嫌っているのは、中年以上の年寄り連中だけだ！　そんな戯言を真に受けるな、ど阿呆！」

「えええええーっ⁉」

ヴィクトリアは座ったままよろめいた。

……皇都にやって来て初めて出会ったのが、親切なもののどこか抜けている中年親父（おやじ）連中。

それは、ヴィクトリアにとって、とんでもない不運だったのかもしれない。

ヴィクトリアが自分の不運をさめざめと嘆（なげ）く間に、リージェスは少し落ち着きを取り戻したようだ。

考えごとをするときのクセなのか、軽く眉間（みけん）を押さえ、ゆっくりと口を開く。

「まぁ……なんだ。おまえは『楽園』の規則に違反していない。したがって、オレがどうこう言う筋（すじ）はないな」

「え……？」

目を丸くしたヴィクトリアに、リージェスは軽く腕組みをして続ける。

「……ともかく、本題に入るぞ。先ほど、シャノンから聞いたんだが――おまえ、夏の休暇中もここに残るつもりだそうだな？」

「は、はい」

それがどうしたのかと見返すと、リージェスは深々とため息をついた。

「残念ながら、休暇中に寮（りょう）の老朽（ろうきゅう）化した設備に改修工事が入る。その工事期間中は、全員寮から強制退去となっている」

「わぁ。まさに、泣きっ面（つら）に蜂（はち）、踏んだり蹴（け）ったりですね！」

思わず感心していると、リージェスが半目になった。

「余裕だな」

「いいえ。そろそろ本格的に現実逃避がしたくなってきただけです」

先ほどの急な連絡はこの件だったのか、と納得する。

一方で、いくら責任感溢れる寮長とはいえ、随分親切だな、と少し不思議に思う。

寮長という立場上、こちらの暗証番号を把握しているのは当然だろう。

だが、いずれ夏の休暇が近づいてくれば『楽園』側からその旨の連絡はあるはずだ。

まぁ、早めに知らせてもらったことで少しは心の準備ができた。とはいえ、工事期間中だけの短期住みこみアルバイトなんて都合のいいものが、いくら皇都でも見つかるだろうか。

どんよりと遠くを見ていると、リージェスが素晴らしく長い足を椅子の上で組みかえる。萌えた。

彼の細身ながらきっちりと鍛えられた体躯は、大変ヴィクトリアの好みなのである。

「——夏の休暇中、住みこみ三食付のアルバイトを紹介してやろうか」

「萌え⁉」

「……は？」

間違えた。

ヴィクトリアは心から反省し、改めてリージェスに向き直った。

「ど……どういった、お仕事でしょうかッ！」

すでに気分はどんな内容のお仕事でもバッチ来いだ。

ただ、一応確認だけするつもりで問い返すと、リージェスはふっと口元だけで笑う。

……なんだろう。

背筋が、ぞわっとする。

「我が家の別荘の、トイレ掃除だ」

――ヴィクトリアは拍子抜けした。

＊＊＊

「うわー！　うーわーっ！　すごいです、リージェスさま！　海です！　青いです！　広いです！　でっかいです！」

メイア家の別荘は、彼が毎年夏の休暇を過ごすという海沿いの避暑地にあった。

ヴィクトリアは、生まれてから一度も海を見たことがない。

人生で初めての列車に乗って、どれほど経ったのだろう。

いつの間にか眠っていたところをリージェスに起こされ、窓の外の景色に気づいた瞬間、テンションがマックスに振り切れた。

そんなヴィクトリアの背後で、リージェスがくくっと笑う。

「まったく、子どものようなヤツだな」

「大丈夫です。十五歳はまだ立派な子どもです！」

ヴィクトリアはぐっと拳を握った。

現在、彼女はメイア家の短期雇われメイドとして、リージェスが取った列車の個室に同乗している。

この避暑地行きの列車に乗る前、ふたりは駅近くの宿に泊まった。

そこでリージェスに濃紺の膝丈ワンピースを渡された。おまけに、白いフリルつきのエプロン、揃いのヘッドドレス、踵の低い編み上げのブーツというお仕着せ一式も。

一応「ご主人さまとお呼びした方がよいでしょうか？」と尋ねたのだが、リージェスはそのあたりの感性が腐れ縁の友人と非常に似通っているらしい。

真顔で拒絶された。

避暑地では眉やまつげを隠す必要がないため、邪魔な眼鏡ははずした。

そして、長い髪のカツラをかぶっている。

このアルバイトが決まった直後、リージェスはヴィクトリアに小さな魔導石を渡し、以前切った髪でカツラを作れと言い出した。

確かに、メイア家のメイド服を着る以上、女性の象徴である長い髪は必須だろう。

田舎育ちのヴィクトリアには、そのあたりの感覚が今ひとつよくわからない。ただ、どうも貴族階級の間では、女性の断髪はとんでもないことらしい。

ともあれ、ありがたく魔導石をもらってカツラを作った。かぶってみると、もともと自分の髪なだけにまったく違和感がない。

そうしてすっかり、故郷にいたときの少女の姿になった。

そんなヴィクトリアを見たリージェスは、少し固まった後、「詐欺(さぎ)だ……」とつぶやいた。

リージェスは、男子校育ちのお坊ちゃまだ。彼は、女の子が本気を出して化(ば)けたらどうなるかを、ご存じなかったらしい。

ちょっと気分がよかった。

ヴィクトリアは、髪の色こそ父親譲(ゆず)りだが、瞳の色と顔立ちは美人だった母親そっくりだ。つまり、美少女なのである。

だが、残念ながら、世の中は見た目だけで食べていけるほど甘くない。

そのため、町一番の美女と名高かった母も、魔導具店を営(いとな)んでいたのだ。

貴族のお嬢さまであれば、見た目が美しいことはそれなりに価値が高いものなのかもしれない。

だが、庶民(しょみん)は自分の食い扶持(ぶち)を自分で稼(かせ)がなければならない。

いずれ必ず衰(おとろ)える容貌(ようぼう)を当てにして生きていくことなど、できないのだ。

それはそれとして、ヴィクトリアは可愛いものが大好きだし、自分を可愛らしく見せることだって大好きだ。

こうして堂々と少女の姿でいられる間は、めいっぱい楽しませてもらうつもりである。

別荘にいる間、トイレ掃除以外は自由にしていいという。どうせなら、リージェスも視界に入るイキモノは可愛らしい姿をしている方がいいだろう。

(ええ、できる限りのサービスはさせていただきますとも！　なんだかんだわたしに言うけれど、結局ただのお人好(ひとよ)しですものね、リージェスさま！)

こんな甘すぎる条件のアルバイトなど、普通はありえない。リージェスは、きっと行き場のない自分を放っておけなかったに違いない。

……出立準備で疲れてしまったせいか、うっかり居眠りしてしまったのは実に反省すべき点である。しかし、それに対して怒っているわけではなさそうだ。きっと、年上らしく流してくれたのだろう。

改めてリージェスへの感謝を深めたヴィクトリアは、にっこりと営業スマイルを浮かべた。

「トイレ掃除以外でも、わたしにできることがありましたら、なんでもお申しつけくださいね！」

「……なんでも？」

せっかく、自慢の営業スマイルを大盤振る舞いしたのに、リージェスはなぜか目を泳がせた。

気に入らなかったのだろうか。

だが、これくらいのことでくじけてはいられない。

もしかしたらリージェスは清楚系の方がお好みかもしれないと、控えめにほほえむ。

「はい。残念ながら、料理は田舎料理しか作ることはできませんが……。皿洗い、洗濯にお掃除、なんでもさせていただきます」

「……ああ。うん」

なんだか、リージェスの元気がない。

それにしても、貴族のお坊ちゃまのバカンスとはこんなものなのか、とヴィクトリアは拍子抜けした。

なんというかこう、もう少し華やかなものをヴィクトリアは想像していたのだ。しかし窓の外に見える景色は、どこまでも穏やかな海と静かな砂浜。

（いえ、別に。ナイスバディの水着美女を拝見したかったなー、なんて思ってませんよ？　思うわけないじゃないですか）

ただちょっと、皇都を出る直前に見たショーウィンドウに飾られていた水着たちの華やかな記憶に、煩悩を揺さぶられただけである。

しばらくして停まった駅で列車を降りると、頬に触れる風は潮の匂いがした。

駅からは箱形の馬車でのんびりと進み、たどりついたメイア家の別荘を目にした瞬間――

（……ちっ。この金持ちめ）

――ヴィクトリアはやさぐれた。

それは「別荘」という言葉の響きからはほど遠い、この上なく立派な邸宅であった。

玄関前に、おっとりとした優しげな雰囲気の壮年の執事がいる。彼を筆頭に、徹底した教育を受けたと思われる使用人たちがずらりと並んでいた。

なんちゃってメイドのヴィクトリアが出る幕など、とてもありそうにない。

これはもう、トイレ掃除に全力投球せねばなるまい。

ヴィクトリアがひそかに決意を固めていると、リージェスはロマンスグレーの執事に気安い口調で声をかけた。

「話しておいたヴィクトリアだ。――ヴィクトリア、彼は執事のモーガン。何か困ったことがあったら、彼に言え」

「はい。はじめまして、モーガンさま。アルバイトでお世話になります、ヴィクトリア・コーザと申します。ご指導、よろしくお願いいたします」

ぺこりと頭を下げると、モーガンは小さく笑った。

「どうぞ、モーガンとお呼びください、ヴィクトリアさま。――リージェスさま、お戯れもほどほどになさいませ。私はあなたを、いたいけな少女をからかって楽しむような方にお育てした覚えはありませんよ」

モーガンにあきれ顔でたしなめられたリージェスが、気まずそうな顔で視線を逸らす。

「……道中、こいつが疲れて眠っていたから、話しそびれただけだ」

「……それは、大変でございましたね」

よくわからない会話を交わす彼らに、ヴィクトリアはきょとんとする。

モーガンはヴィクトリアを見て、にこりと笑った。萌えた。

(なんとナイスなロマンスグレー……！　さすが、イケメンの別荘の執事なだけはございますね！)

内心ぐっと親指を立てたヴィクトリアに、モーガンは柔らかな声で言う。

「ヴィクトリアさまのご事情は、おおむね聞きおよんでおります。リージェスさまの詰めが甘かったため、あなたさまの後見をラング家の若さまに横からかっさらわれたことも。誠に遺憾です」

「オイ」

半目でツッコむ主にかまうことなく、モーガンは続けた。

「とはいえ、未成年の後見契約はあなたさまが成人された時点で切れるもの。その後どちらの家と専属契約を結ぶかは、あなたさまのお気持ちひとつでございます」

彼の言わんとすることが掴めず、ヴィクトリアは首をかしげる。

「優秀な魔術師の卵であるあなたさまと、今のうちに誼を結んでおきたい。そんな浅ましい事情をお伝えしないままここにお招きいたしましたこと、主にかわって心よりお詫び申し上げます」

ヴィクトリアは目を丸くした。

「えぇと……じゃあ、トイレ掃除担当のアルバイトというのは」

モーガンの眉がぴくりと動き、リージェスはぱっと顔を背けた。

「……他家の方々に知られずにあなたさまをお連れするため、そのような名目を使わせていただきました。ご容赦ください」

なんだかよくわからないけれど、どうやらトイレ掃除はしなくていいらしい。

それでは、自分はここで一体何をしたらよいのやら。そう考えているうちに屋敷に導かれ、あれよあれよという間に、客間に連行されていた。

――ヴィクトリアは、『楽園』の寮で三月は暮らした。お貴族さま仕様のあれこれには、もう慣れたつもりだ。

けれど、ここは別格。

まさに雲の上の世界だった。

何しろ、どこもかしこも柔らかく、輝いているのだ。

ソファやクッション、続き部屋のベッドはもちろん、床の絨毯まで。

すべてがふかふかで、下手に歩くとぐきっと足首を挫いてしまいそうなくらいである。

ヴィクトリアは、身の置き所のない気分でソファのすみに腰かけて固まった。

しばらくすると、旅装を解いて楽な格好に着替えたリージェスがやってきた。彼はヴィクトリアの様子を見てぼそっと言う。

「……固まってるな」

「……こんなにぴかぴかな空間にいきなり放りこまれたら、庶民は普通固まります。一体なんのイジメですか」

まだまだ人生経験の足りないヴィクトリアの涙腺は、そう頑丈ではない。

母が亡くなったときに大決壊して以来、ただでさえ壊れやすくなっているのだ。あんまりおかしな刺激を与えないでいただきたい、とヴィクトリアは切に願う。

じわっと潤んだ瞳でリージェスをにらみつける。

途端に、彼がひどく狼狽した。

「わ……悪かった！　すまない！　だがほかに適当な場所がなくてだな！」

「適当……？」

首をかしげたヴィクトリアに、リージェスはああ、とうなずいた。

「……おまえだって、休暇の間くらいは男のナリをやめたいんじゃないかと思ったんだが。そうなると、『楽園』の連中がやって来る可能性のある皇都の屋敷には、呼べないだろう」

「はぁ……」

それは気を遣ってくれた、ということなのか。

気の遣い方が少し変な気もするが、ここは感謝するべき場面なのだろう。

多分、きっと。

そう結論づけて、ヴィクトリアがリージェスにお礼を言おうとした瞬間、彼はくしゃりと片手で前髪を掻き上げた。

「いや……言い訳だな。――オレは、おまえの作ったシャノンの剣を見てから、ずっと悔しくてたまらなかった」

「……え？」

ヴィクトリアは目を瞠った。

リージェスは自嘲するように口元を歪める。

「おまえに余計なことを言って、おびえさせた。――そんなことをしなければ、あの剣はオレのものだったのかもしれないと思うとな」

「……あの。お褒めいただいて大変恐縮ですが、あれは『楽園』一年生の子どもが作ったものですよ？　リージェスさまなら、もっと立派なものをご自分でいくらでも――」

恐る恐る言うと、リージェスはあっさりと否定した。

「無理だな。あれだけ複雑な術式を組み合わせて破綻させないなど、オレにはできない。……おまえの母君は、よほど優秀な魔術師だったのだろう」

「あ……ありがとう、ございます」

母のことを褒められるのは、嬉しい。

ヴィクトリアがはにかんで礼を言うと、リージェスは一瞬目を見開いた。そしてふいっと目を逸らして言う。

「……つくづく、詐欺だな」

「はい？」

「なんでもない。気にするな」

軽くため息をついたリージェスが、ヴィクトリアの隣に腰かける。

「まぁ……あとは大体、モーガンがさっき言った通りだ。オレはメイア家の後継として、おまえと誼を結んでおきたい。おまえは、自分にそれだけの価値があると、きちんと自覚しろ」

そう言われても、実感はない。ヴィクトリアは眉を下げた。

リージェスは苦笑する。

「これから、同じような話をする奴はたくさん出てくるぞ。今のうちに慣れておけ」

「……はい」

どうやら自分の人生は、どんどんめんどうくさい方向に進んでいるらしい。

そんな現実を知ったヴィクトリアは——

(イエス！　その若干憂いまじりの笑顔はとってもナイスですよ！　リージェスさまー！)

——とりあえず、彼の笑顔に萌えておくことにした。

萌えというのは、現実逃避に実に有用なものなのである。

＊＊＊

そういうわけで、ヴィクトリアはメイア家の別荘で接待バカンスを過ごすことになった。

この状況に甘えていいものか悩んだものの、ふかふかのベッドで一晩眠ってスッキリ目覚めると、潔く開き直った。

どうせ、夏の休暇が終わるまでほかに行くあてもないのだ。

リージェスが、後になって滞在費を請求してくることは――多分ないと信じたい。

そして、何しろここには海があるのだ。

窓から望める真っ白い海岸が、見渡す限りメイア家の敷地だと知ったときには、若干イラッとしたのも事実である。

しかし、滞在している間は好きに遊んでいいと聞けば、その誘惑に勝てるはずもない。

新鮮なフルーツを中心とした朝食をいただいた後、ヴィクトリアはさっそく海に飛び出していこうとした。それを、ちょっと待てと止めたのはリージェスだ。

「そんな格好で海に出たら、日焼けをするだろう。後で泣きを見るのはおまえだぞ」

「日焼け？　ですか？」

南方の田舎育ちとはいえ、ヴィクトリアはあまり外遊びをすることがなかった。今まで、日焼けらしい日焼けをしたことがない。

町の裕福なひとびとが夏に観光地や海へ出かけ、こんがりと小麦色に肌を焼いて帰ってくるのを、ずっとうらやましく思っていた。

日焼けで泣きを見るとはどういうことなのだろう。服装にも関係するのだろうか。

今ヴィクトリアが身につけているのは、お仕着せのメイド服ではない。

シンプルなデザインの白いワンピースだ。

上質な生地のこれは、ヴィクトリアの私物ではない。

客間のクローゼットを開くと、ヴィクトリアの滞在中の着替えが用意されていた。それも、びっくりするほどたくさん揃えられていたのである。

つくづくオカネモチというのはすごいものだな、と感心する。そしていちいち気にしていては切りがないと、ヴィクトリアは昨日から今に至るまでで学んだ。

だが、日焼けはヴィクトリアにとって完全に未経験。何がどう恐ろしいのか、まるでわからない。

首をかしげていると、リージェスは端的に告げた。

「強い日差しに焼かれた皮膚は、火傷状態になってむけてくる。おまえの肌の白さからしてあまり太陽に慣れていないのだろうし、かなりぼろぼろになって痛むと思うぞ」

「なんですか、その怖すぎる未来予測はー！」

ヴィクトリアが青ざめると、リージェスは笑ってモーガンを呼んだ。

彼女はモーガンの部下の女性たちに、皇都で女性向けの化粧品を売っている魔術師が調合したという日焼け止めを塗りたくられる。

それから、つばの広い帽子をかぶせられた。

日焼け止めの持続時間は三時間。それ以内に絶対に別荘に戻ってくるよう念押しされて、ようやく解放される。

まさか海というのが、遊びに出る前からこれほど準備が必要なものだとは思わなかった。

しかし、これしきでへこたれないのが、ぴっちぴちの十五歳。

少し踵の高い、足首に白い紐を巻きつけるタイプのビーチサンダルを履き、ヴィクトリアは別荘を出た。

誰もいない砂浜に着くと、一目散に駆け出す。

（ふおおぉぉおおおおー！　これが砂浜！　ボンキュッボンの水着美女や、きらっと輝く白い歯のまぶしいナイスガイがいないのはちょっぴり残念です！　でもとりあえず、わたしは今！　心の底から感動しておりますッ！）

なんだか、無意味に叫びたくなった。

けれど、それを別荘のひとびとに聞きつけられては恥ずかしいので、やめておく。

そのかわり砂浜を全力疾走してみたり、海辺の小さな生き物たちにご挨拶してみたり、ごつごつした岩場をよじ登ってみたり、サンダルを脱いで少しだけ海に足を浸してみたり――と、ヴィクトリアは心ゆくまで夏の海を堪能した。

気がつけば、もうすぐメイドさんたちと約束した三時間だ。

慌(あわ)てて別荘に戻ろうと振り返ると、建物に続く階段のところにリージェスが立っていた。

「……楽しかったか？」

笑いを含んだ声で問われる。

何か愉快(ゆかい)なことがあったのだろうか、と思いながら、ヴィクトリアは力一杯うなずく。

「はい！　意外と水が冷たくて、びっくりしました！」

ヴィクトリアの返事を聞いて、リージェスはどこか満足そうに笑みを深めた。

それから別荘に戻り一緒に昼食を取りながら、彼に午前中何をしていたのか聞く。

彼は自室で読書をしていたらしい。

「ここは、先々代の当主が趣味(しゅみ)で建てた別荘でな。昔の貴重な書籍が、たくさん所蔵されているんだ」

（趣味で別荘を建てられるんですか、そうですか）

ヴィクトリアは黙(だま)ってうなずいた。

そんな感じではじまった休暇は、とにかくまったりのんびりしたものになった。

日がな一日海で遊ぶこともあれば、別荘の中を探検したり、はたまた中庭で見つけたハンモックで昼寝をしたり。

雨の日には、今まで見たことのないゲーム盤やカードゲームを教わって、モーガンの容赦(ようしゃ)ない強さに平伏(ひれふ)した。

そうして、あっという間(ま)に休暇が残り半分になったその日。

ヴィクトリアはメイドさんに日焼け対策をきっちりと施(ほどこ)してもらい、ひとり海辺で楽しく遊んでいた。

海というのは、来るたび違う表情を見せてくれる。

遠浅(とおあさ)の水の色調も、波のざわめきも、何度見ても飽(あ)きない。

(あー……、しーあーわーせー……)

まさか自分の人生に、こんな幸せな時間が訪れるとは思わなかった。

ヴィクトリアは、岩陰の柔(やわ)らかな砂の上に、両手を広げて寝転がる。

日差しは当たらないけれど、岩の上できらきらとはじける光がちょっとまぶしい。

のんびり転がっていると、なんだか眠くなってきた。

『楽園』でのストレスから解放されているせいか、ここに来てから目覚まし時計がなくても朝はすっきりと目覚めることができる。

けれど、昨夜はリージェスとカードゲームの勝負で熱くなりすぎて、夜が遅くなってしまった。

だから、ちょっぴり寝不足だ。

(少しくらいうとうとしても、大丈夫かな……)

――うたた寝のつもりだったのだが、目を開けたときには、太陽が中天に近づいていた。

(いーやあああああっ! まだ三時間経ってないよね、大丈夫だよね!?)

ヴィクトリアが青ざめたのは、ほかでもない先日の失敗が原因である。

数日前、三時間のタイムリミットをほんの少しだけオーバーしてしまったのだ。

そのとき、いつも優しいメイドさんたちは、にこやかな笑顔ながらとっても恐ろしい空気をまとっていた。そして、「二度と、なさらないでくださいませね?」とおっしゃった。

ものすごく、怖かった。

後でリージェスが頭を撫(な)でて、「……次から、気をつければいいから。な?」と慰(なぐさ)めてくれるほど、彼女はしょぼくれた。

それを思い出し、ヴィクトリアは半泣きで別荘に向かう階段へダッシュする。

途中、背の高い人影が佇(たたず)んでいるのを見つけた。

リージェスかと思い、ぱっと笑顔になったヴィクトリアは——その人物の髪が艶(つや)やかな漆黒(しっこく)ではなく、明るく太陽をはじく華やかな金茶色であることに気づき、固まった。

走る間、飛ばないように押さえていた手がずれて、海風に煽(あお)られた帽子が飛んでいく。

今日は下ろしたままだったカツラの髪が、ワンピースの裾(すそ)と一緒に軽くふわりと舞(ま)い上がる。

完全に硬直したヴィクトリアの視線の先——

飛んでいった帽子を片手で受け止めた彼は、ひどく驚いた顔でこちらを見ていた。

(な……なな、なんで⁉　なんっっで、シャノンさまがここにいらっしゃるんですかあああああーっ⁉)

ヴィクトリアは、内心で力一杯絶叫(ぜっきょう)した。

だが一瞬で、驚愕(きょうがく)よりもメイドさんたちを怒らせることへの恐怖心が上回った。

今の自分がヴィクトリア・コーザだと、シャノンにはわからないはず。もしバレたとしても、後できちんと謝るので許してください、お願いします！　と祈りながら、彼の脇をすり抜けて走り、別荘の玄関に飛びこんだ。

「た……ただいま、戻りました……っ」

「お帰りなさいませ、リアさま。……顔色がお悪いですわ、どうかなさいまして？」

このところ愛称で呼んでくれるようになったメイドさんが、心配そうな顔で気遣ってくれた。

ヴィクトリアは危うく、その場にへたりこみそうになる。

――この様子は、間に合った。

えらいぞ自分、と思いきり褒めてやりたい。

しかし今は、それどころではない。

ちょうど近くのテラスにいたリージェスが近づいてくるのが見えて、ヴィクトリアは安堵のあまり本当に泣きたくなった。

「リージェスさまぁ……っ」

「おい、一体どう――」

言いかけたリージェスが、険しい視線をヴィクトリアの背後に向ける。

彼の視線の先の人物に気づき、ヴィクトリアはぴょっと跳び上がった。

咄嗟に、リージェスの背中に隠れる。

（ごまかすのです、ごまかしてください。ええ、アナタならできます、リージェスさま！　たとえ、カードゲームでは毎回モーガンさまにボロ負けしていようとも。アレはきっと、モーガンさまがプロなだけです。いえ、なんのプロなのかは、ちょっとわかりかねるのですが。とにかく、アナタはやればできる方だと、わたしは信じていますから！　ね！）

何しろここは、皇都から遠く離れた避暑地なのである。

今の今まですっかり忘れていたけれど、ヴィクトリアはラング家と「皇都から出てどこかに行くときには、必ずラング家に報告しますね」という契約を交わしていた。

つまり現状、ヴィクトリアは立派な契約不履行現在進行形。

一体どんなペナルティが待っているのやら――そういえば、書面には記されていなかった。

ヴィクトリアが首をかしげたところで、リージェスが低く言葉を紡いだ。

「――おまえを招待した覚えはないぞ、シャノン」

（まったくです！　なんでいきなり出没してくださってるんですか！　寿命が何年か縮みましたよ、絶対！）

リージェスの背後で彼を応援しつつ、こっそりと様子をうかがう。

すると、扉の前でシャノンがひどく困惑した顔をしていた。彼の手にはヴィクトリアの帽子がある。

（あぁぁ……っ！　帽子を持ってきてくださったんですね、ありがとうございます！　ふぬぉおおお！　ですが、こんなナリではろくにお礼も言えません！　ご無礼をお許しください、シャノンさま！）

ヴィクトリアは申し訳なさのあまり、そのまま床に埋まりたくなった。

ここが砂浜だったら、穴を掘って埋まることもできただろうに。残念だ。

「いや……その、おまえがこっちに来てるって聞いてな。久しぶりにちょっと寄らせてもらおうと思って、来てみたんだ、が」

なぜか歯切れの悪いシャノンに、リージェスがあきれ返った声で言う。

「おまえは……そういうときは事前に連絡を入れろ。何度言えばわかるんだ」

ヴィクトリアは、「お母さんかッ！」とツッコみたくなった。

「あぁ、悪い」

シャノンは妙に素直に謝罪する。

そして、リージェスの背中にひっつき虫になっているヴィクトリアに、視線を向けてきた。

ヴィクトリアは即座に身を隠した。

「……その子は？」

シャノンの問いに、リージェスは一拍置いて答える。

「……オレの客人だ」

なんだか、リージェスの声が微妙に頼りない。もしや彼は、弟分のシャノンにはあまり強く出られなかったりするのだろうか。

(もしリージェスさまがシャノンさまをごまかしきれなかったら、どうしよう)

ヴィクトリアは、もう泣いちゃおうかな、と思った。

だが、救いの神はすぐ近くに存在していた。

メイア家の有能なるメイドさんたちである。

「ようこそおいでくださいました、シャノンさま！　お嬢さまのお帽子をお持ちくださったのですね、ありがとうございます！」

メイドさんはずいっと前に出ると、シャノンの手から笑顔で帽子を受け取る。

「え？　いや……」

その勢いに戸惑うシャノンに、もうひとりのメイドさんがたたみかけた。

「ちょうどこれから、お昼のお食事をご用意するところでしたの！　シャノンさまもお召し上がりになりますよね？　そうですわ、リージェスさま。今日はとてもよいお天気ですし、中庭で召し上がりませんか？」

「あ……あぁ……」

リージェスも若干、押されぎみだ。

「どうぞ、シャノンさま。ご案内いたします」

「さあ、お嬢さまはどうぞこちらに。リージェスさまとご一緒できないのはお寂しいかもしれませんが、殿方同士のお付き合いのお邪魔をしてはいけないのですよ？」

そのにこやかな笑顔を見ながら、ヴィクトリアは誓った。

（……ハイ。今後シャノンさまの前では、絶対に男装を解きません）

自分より背の高いメイドさんたちに囲まれ、ヴィクトリアはエントランスホールから部屋に入る。

次の瞬間、ヴィクトリアはへたりこんでしまった。

「リアさま！　大丈夫ですか？」

近くにいたふたりのメイドさんに、両側から軽々と持ち上げられる。

働き者の彼女たちは、とっても力持ちなのだ。

そのままひょい、とリビングの椅子に座らされ、ヴィクトリアはめそめそと愚痴(ぐち)をこぼした。

「な……なんで、よりによって、シャノンさまがいらっしゃるんですかぁ……っ」

メイドさんたちは、揃(そろ)って困った顔をする。

「その……シャノンさまは、お小さい頃からよくこちらに遊びにいらしていたそうなのです」

「メイア家は代々、ラング家の方々とは深いお付き合いをしております。おふたりもずっと、ご兄弟(きょうだい)のようにしてお育ちになったらしいのですわ」

ヴィクトリアは思わず真顔になった。

「それは、萌(も)えますね」

タイプの違うイケメン同士が、幼い頃から家族ぐるみの仲良しこよし。

このシチュエーションに萌える乙女は、さぞたくさんいるだろう。

それを証明するかの如(ごと)く、周囲ではメイドさんたちが盛大に萌えている。

「そうなのですわ！　先輩方から当時のおふたりのご様子を聞くたび、もうきゅんきゅんとときめいてしまって！」

「わたくしたちはメイア家の者なので、やはりリージェスさま派なのですけれど！　素敵な殿方(とのがた)同士が強い絆(きずな)で結ばれているご様子は、何にもかえがたいものだと思うのです……！」

「ときどき他家にお仕えしている友人たちに話すと、そのたびに、とってもうらやましがられますの！」

……そんな彼女たちは、全員心から旦那さまを愛する既婚者なのである。

どうやら、愛と萌えは別の次元に存在するものらしい。

彼女たちは、ヴィクトリアと大して変わらない年だと思うのだが、なぜかやたらとヴィクトリアを幼い子どものように扱いたがる。

一度年齢を尋ねたら、にっこりと笑顔で黙殺されてしまった。

わたしも、もう十五歳なのです、と言っても、まだまだお子さまですわね、とあっさり返された。

若干釈然としないものの、ヴィクトリアは毎日のように海で遊び倒しては力尽き、お昼寝をしている。同じ行動パターンをくり返す己を省みれば、仕方がないだろう。

それから自室に戻って昼食を食べたけれど、食事はずっとリージェスと一緒に取っていたから、なんだか妙に味気なく感じた。

（……『楽園』に戻ったら、ずっとひとりでご飯なのに）

贅沢で楽しいばかりの生活に、慣れてはいけない。

そう思うのに、いつの間にかすっかり馴染んでしまっていたみたいだ。

寂しいなんて――母が亡くなってから、そんなのは当たり前だと思っていたのに。

ほんの少しでもひとりでない日々が続けば、心はあっという間に揺らいでしまう。

（だめだなぁ……）

ここは、自分の居場所じゃない。

ほんの一時（いっとき）だけリージェスが与えてくれた、穏やかな安らぎに満ちた箱庭だ。

ただ、それだけの場所。だから、あんまり甘えてはいけない。

いくらここが心地よくても、周囲のみんなが優しくしてくれても、それは決して自分のものではないのだから。

自分はいずれ、必ずひとりで生きていかなければならない。

そのことだけは、決して忘れてはいけないのだ――

＊　＊　＊

翌日は、雨だった。

まるで自分の気分を映したような空だな、と思いながら、ヴィクトリアは窓の外をぼんやりと眺める。シャノンはあのまま別荘に泊まったらしく、ヴィクトリアはあまり客間から出ないようにと言われた。

（出ませんよー……。っていうか、出たくないですよー……）

どんよりした気分になるのは、せめて休暇が終わってからにしたい。

休暇というのは、常日頃のいやなことをスッパリ忘れて大いに楽しみ、気分一新リフレッシュするためのものではないだろうか。

現実を思い出すと同時にこうも天気が悪いと、ますます気が滅入る。

出窓に飾られている敷物の上にへにょりとあごをのせていると、控えめなノックの音がした。

「どうぞー？」

振り返って答える。

やって来たのはモーガンだった。ワゴンの上には、小さな可愛らしいお菓子がいくつも並んだ皿と、優美なティーセットがある。

「ありがとうございます！　モーガンさま！」

ヴィクトリアは、ぱっと顔を輝かせた。ここで出されるお菓子は、どれも本当に絶品なのだ。

「リアさま……モーガンでよろしいと、何度申し上げればよろしいのですか？」

こんなやり取りも、すでに日常となってしまった。

けれどいつもと少し違っていたのは、熟練の手つきでお茶を淹れてくれたモーガンが、下がらずそばにいることだ。不思議に思って見上げると、彼は迷ったような顔で口を開いた。

「リアさま。少し……昔語りをしてもよろしいでしょうか？」

「え？　あ、はい」

唐突な言葉に驚いたけれど、うなずく。モーガンはやんわりとほほえんだ。

「旦那さま……リージェスさまのお父上は、大層お厳しい方でしてな。ことに跡取りのリージェスさまには、甘いお顔を一切なさらない方でした」

モーガンの言葉には、少し苦いものがまじっている。

ヴィクトリアは黙(だま)って、彼の話を聞いた。

リージェスは、幼い頃から周囲の期待に対して、常にそれ以上の結果を出したそうだ。彼の父親は、次第に厳しく息子に接するようになったらしい。

リージェスの母親が意見しても、まるで聞く耳を持たなかった。夫にほとんど虐待(ぎゃくたい)と言えるほど厳しく育てられる我(わ)が子を見ていることができず、彼女は現実から目を背(そむ)けてしまった。

そして、リージェスが年相応の子どもらしい顔を見せるのは、父親の目のないとき——同年代の友人たちと過ごす時間や、モーガンをはじめとする使用人たちの前だけになったのだという。

「リージェスさまが『楽園』に入られることになったとき、私どもは正直ほっといたしました。旦那さまの前では、リージェスさまはいつも人形のようなお顔をしていらっしゃいましたから」

しかし、そうやってリージェスが目の前からいなくなった途端(とたん)、彼の父親は憑(つ)きものが落ちたかの如(ごと)く温和な人物に戻ったらしい。

「……旦那さまも、リージェスさまを先代さまに恥じることのない後継に育てなければならないと、一種の強迫観念があったのかもしれません。そして、リージェスさまが無事に離れていったことで、ようやくそこから解き放たれたのか——」

モーガンは軽く目を伏せて続ける。

彼は妻と改めて向き合い、少しずつ関係を修復した。

そうして一年前、ふたりの間に、新たな命が生まれた。男の子だった。

祝いの席に現れたリージェスは、生まれたばかりの赤子の顔を見ても、眉ひとつ動かさなかった。

——おめでとうございます、父上、母上。これが、私に万が一のことがあったときのための子どもですか。健康そうで、安心いたしました。

恐らくリージェスの中で、自分の弟が生まれた——「家族」が増えたという現実は、嬉しい、喜ばしいといった感情を喚起するものではなかったのだろう。

無関心、とは少し違う。

ただ、自分と同じ血を持つ存在を「メイア家にとって有益か否か」でしか認識できない。

リージェスが「家族」から学んでいたのは、本当にそれだけだったから。

そんな彼に、その場にいた誰も、何も言えなかったという。

……それから今に至るまで、ただの一度も、リージェスが彼らと共に「家族」としての時間を過ごしたことはない。

モーガンは、捉えどころのない微笑を浮かべた。

「そんなリージェスさまが、メイア家でリアさまの後見をできないだろうか、とおっしゃったときには、本当に驚きました。……そうですね。最初は恐らく、数年前のご自分をご覧になっているように思われていたのだと思います。あなたは『楽園』で、誰も頼る方をお持ちではなかった。お父上のそばを離れ、ご友人のシャノンさまと自由に過ごせる時間を得たリージェスさまは、きっと放っておくことができなかったのでしょう」

しかし、ヴィクトリアはリージェスの手を取らなかった。

それぱかりか、そのすぐ後にシャノンと出会い、彼の家の後見を受けてしまった。

「本当は、よほどお悔しかったのだと思いますよ？　そうでなければ、あのリージェスさまがこんな強引なやり方であなたをここに連れてこられるはずがありませんから」

今まで聞かされていた理由とは、少し違う。

けれど、どれも嘘ではないのだろう。

「……なんだか、すみません」

悪いことをしたわけではないのだが、ちくちくと罪悪感めいた何かがヴィクトリアの胸に刺さる。

リアさま、とモーガンは柔らかな声で呼んだ。

「リージェスさまはあなたとお過ごしのとき、とても楽しそうにお笑いになります。本当に――心から、感謝いたします」

「いえ……っそんな、わたし、なんにもしてません！　お礼を言われても、困ります！」

慌てるヴィクトリアに、モーガンはにこりと笑った。

「はい。これからも、リージェスさまのことをよろしくお願いいたします」

「よ、よろ……？」

何をどう、よろしくすればいいというのでしょうか。そもそも自分は、ここでいいように遊び惚けているだけなのですが。

ヴィクトリアがそう困惑しまくっている間に、モーガンは優美な礼を残して去っていった。

ひとり取り残されたヴィクトリアは、とりあえず少し冷めてしまったお茶を飲む。

そうして気持ちが落ち着いたところで、がっくりと肩を落とす。

（く……っ、ただのイケメンよりも、暗い過去を背負ったイケメンの方が萌えるかと思っていたけど、すみません……！　実際にそんなネタが出てきてしまったら、重たくてとても萌えられませんよ……！）

ヴィクトリアは、父親の顔をあまりよく覚えていない。

そのことを寂しく思ったこともあった。

けれど、リージェスの父親の話を聞いた今となっては、父親がいるから幸せというわけではないのだと思ってしまった。

他人様の不幸を知って、不幸なのは自分だけではないと少しほっとする。

そんな自分の浅ましさに、ヴィクトリアは自己嫌悪でちょっとその辺の窓から飛んでみたくなった。

（……すいません、ここで飛んだらとっても迷惑ですね）

それからしばらくの間黙々と反省して、ヴィクトリアは顔を上げた。

リージェスが自分のどこを見て楽しんでいるのかは、ヴィクトリアにはわからない。笑いのツボはひとそれぞれである。

この別荘で過ごす残りの期間は、少しでも彼に笑いを提供しよう。まずは彼と一緒の時間を増やそう、と心に決める。

（むー……近所のおっちゃんたちから、愉快な宴会芸のひとつでも習っておけばよかった）

ちょっぴり自分の芸のなさが心許ない。

残念ながら今のヴィクトリアにできることといえば、魔術で可愛いものを作ることくらい。

さすがに、リージェスに自分好(ごの)みの可愛いものをプレゼントしても、喜んではもらえないだろう。

はぁ、とアンニュイなため息をつき、ヴィクトリアは気分転換に読書をはじめた。

この別荘を建てたリージェスのご先祖さまは、随分(ずいぶん)、多趣味(たしゅみ)な方だったようだ。

図書室には、小難しい哲学書や戦術理論の本ばかりでなく、気軽に読める娯楽文学もいろいろと揃(そろ)っている。

そんな中から、以前、雨の日にリージェスがすすめてくれた冒険小説を、ヴィクトリアはわくわくしながら読み終えた。

こうなると、その作者のほかの作品も読みたくなってしまう。

図書室に行けば、あるかもしれない。

ヴィクトリアは足取りも軽く部屋を出て、少しひんやりとした空気の図書室に入った。何度見ても圧倒される量の本が、壁面すべてを埋めつくしている。

本を一冊読むだけでもそれなりに時間がかかるというのに、リージェスのご先祖さまは本当にこのすべての本を読んだのだろうか。

素朴(そぼく)な疑問を覚えたけれど、とりあえず先ほどの作者の名前を探してみる。

（えー……と？　こっちから作者の名前順に並んでいる、はーずー……？　おお！　あった！）

見つけたのは、やはり冒険小説と面白そうなタイトルの戯曲(ぎきょく)集だった。

ほくほくしながらそれらを本棚から抜き出し、図書室を出る。

これで、夕食までの時間を充分楽しく過ごすことができるだろう。

ヴィクトリアは、リージェスのご先祖さまに感謝しながら、廊下をてくてく歩く。

そして最初の角を曲がったところで、人影に驚いて手にしていた本を取り落としかけた。

思わず、ちょっぴり遠いところを見てしまう。

（……うん。こんなタイミングでばったり出くわさなくてもいいと思うんだ！　つくづく間の悪い方ですね、シャノンさま！）

ほんの数歩先のところで、シャノンは目を丸くしていた。無言でぺこりと頭を下げたヴィクトリアは、すかさず身をひるがえしてそこから逃げ出す。

背後で彼が何か言っているけれど、今の自分にできるのはこそこそと情けなく逃げ隠れすることだけである。

――しかしヴィクトリアは、戦闘実技が必須科目に組みこまれている『楽園』育ちの彼を、少々甘く見ていたようだ。

重い本を抱えていたから、なんて言い訳にもならないほど、あっという間に追いつかれる。

気がついたときにはシャノンに壁に追いつめられ、片手で行く先を阻まれていた。

ヴィクトリアは思いきり固まる。

（速っ！　速すぎですよ、シャノンさま！）

おまけに、こうして間近に覆いかぶさるようにされると、本能的な恐怖がこみ上げる。体躯の差をまざまざと見せつけられるようだ。

ぎゅっと胸に抱いた本を持つ指が震え、どうしていいのかわからなくてうつむく。

「あ……す、すまない。その……脅かすつもりは、なかった」

こちらのおびえに気づいたのか、シャノンがぱっと壁から手を離す。

けれど、それ以上は離れなかった。

どうやら、ヴィクトリアがここから動くことを許すつもりはないらしい。

「えぇと……きみは、誰？　リージェスにいくら聞いても、大事な客だとしか答えてくれないんだけど。あいつの知り合いなら、オレは大抵知ってるし……でもオレは今まで、きみみたいな子は見たことがない」

（いえいえ。見たことがないどころか、わたしは今まで何度もお会いしていますよ。おまけに、アナタに何度も頭を鷲掴みにされております、シャノンさま）

咄嗟にそうツッコみたくなった。

でも、実際にはふるふると首を振ることくらいしかできない。

「……きみは、あいつの恋人？」

（めめめめ滅相もございませんーっ！　いきなり何をトチ狂ったことをほざき遊ばしてくださるんですか!?　相変わらず、アナタの脳は愉快な妄想を吐き出しがちなんですね！　後輩として、ラング家の被後見人として、とても心配でございますよ!?）

内心でいろいろと叫びながら、力一杯首を振る。

こんな平民出の鶏ガラ娘を捕まえて、あのイケメンの恋人疑惑をぶつけてくるとは。

想定外すぎて頭がパニックになってきた。

……ただ単に、首を振りすぎただけなのかもしれないけれど。

そう、とつぶやいたシャノンが、少し体を屈(かが)めた。

「オレは、シャノン。——シャノン・ラング。きみの名前は？」

今まで聞いたこともない、優しげな声音である。

（そーか、なるほど。いつもこうやって、素敵ボイスで周囲の女性たちを骨抜きにしているのだな、このイケメンが！）

それはともかく、絶体絶命のピンチをどう切り抜けたらいいものか——

考えあぐねていると、廊下に足音が響き、息を呑む音がした。

「シャノン！　何をしてる！」

（……ツリージェスさまあああぁっっ!!）

その瞬間ヴィクトリアは、もしかしたらリージェスは救いの妖精(ようせい)なのかもしれない、と思った。

どんなにピンチのときでも、心から救済(きゅうさい)を願えば必ず子どもの前に姿を現してくれる、とっても素敵な心優しい妖精の話を思い出す。

幼い頃、母が子守歌(こもりうた)がわりに語ってくれたものである。

ヴィクトリアは咄嗟に彼の方へ駆け出す。昨日のようにリージェスの背後に逃げこむ前に、ふわりと体が浮いた。

（へ……？）

そうして気がついたときには、ヴィクトリアはリージェスの片腕に腰かけるような形で抱きかかえられていた。

「……婦女子を脅して泣かせるとは。見損なったぞ、シャノン」

その冷えきった声に驚いて瞬きすると、まつげに引っかかっていた雫がぽたりと落ちた。

安堵のあまり、ちょっぴり涙腺がゆるんでしまったらしい。

ヴィクトリアは、慌ててリージェスのシャツを引っ張った。

「ち、違い、ます。安心、しただけ」

「……リア？」

（いやだから、決してシャノンさまにいじめられたわけではないのですよ！　そういった誤解は、勘弁してください！）

先ほどからのパニック状態から脱しきれず、うまく言葉が出てこない。

けれど、リージェスにとってシャノンは大切な友人のはずだ。

「シャノンさまは、リージェスさまの、お友達。けんかは、だめです。ね？」

上ずってかすれた声でどうにか言うと、リージェスの瞳から剣呑な色がふっと薄れた。

「あまり心配させるな」

「ごめん、なさい」

しゅん、としょぼくれたヴィクトリアの頬を、リージェスの硬い指先がぬぐう。

この情けない涙腺は、もうちょっとゆるまないように鍛えるべきかもしれない。

ヴィクトリアの背中を軽く叩いたリージェスは、ぎりぎり聞こえるかどうかの小さな声で「バレていないな？」と聞いてきた。

ヴィクトリアはこくこくとうなずく。

それを見てほっと息を吐き、彼はシャノンに視線を向けた。

「……すまないな。彼女は、貴族階級の振る舞いには慣れていないんだ。おまえに悪意はなかったのだろうが、少々驚いてしまったらしい」

（いやいや、リージェスさま。あんな風に追いかけられて追いつめられたら、貴族階級の女性でも怖いんじゃないかと思います）

さっきは本当に、獅子に追いつめられたウサギの気分だったのだ。

シャノンはもう少し、自分の外見と身分が相手にどんな印象を与えるのかを理解した方がいいと思う。

そうして少し落ち着いてくると、リージェスに子どものように抱っこされている状況に、なんともいたたまれなくなった。

「リ……リージェス、さま？　下ろして、ください」

「あ？　あ……ああ、すまない」

ゆっくりと床に下ろしてもらい、ほっとする。

極力シャノンを見ないようにしながら、ぺこりとふたりに頭を下げる。

「お騒がせして、申し訳ありませんでした」

「……いや。ひとりで部屋に戻れるな？」

ヴィクトリアは、リージェスの問いにこくりとうなずいた。

（ハイ！　リージェスさまはここで、シャノンさまを引き止めてくださるのですね！　了解です！）

内心びしっと敬礼をしたヴィクトリアは、今度こそ無事客間への帰還を果たした。

ちょっと図書室に行くだけのつもりが、こんなトラブルになろうとは——やはり貴族の別荘というのは、実に油断がならないものである。

疲れてしまって、せっかく持ってきた本を読む気にもなれない。

ヴィクトリアは、ソファの上にクッションを抱えて転がった。

ふと思い出したのは、自分の体を軽々と抱き上げたリージェスの腕の力強さだ。

彼の腕はとても温かくてしっかりとしていて、自分がまるで本当に小さな子どもになったかのようで——

（……お父さんに抱っこされるって、あんな感じだったのかな）

彼の父親の話を聞いたばかりだからなのか。

今まで気にしたこともなかったが、自分の父親は一体どんな人物だったのだろうと思う。

母は、父についてあまり多くを語らなかった。

ただ笑って、誰よりも愛していたと、今も父ひとりを愛していると言っていた。

ヴィクトリアはそれを聞くだけで、充分だった。

（でもやっぱり、どんなひとだったのかくらいは聞いておけばよかったかなぁ）

ヴィクトリアは少し後悔した。

こうして母を想うとき、父についてぼんやりとした面影しか思い出せないというのは、ちょっぴり寂しい。

そんなことを思っていたら、軽く扉を叩く音がした。

返事をすると、顔を出したのはすっかりなじみになったメイドさんだ。

「――リアさま。大丈夫ですか？　顔色がお悪いですわ」

心配そうな彼女には悪いが、さすがに「リージェスさまに抱っこされて、危うく子ども返りしてしまうところでした」と正直に言うわけにはいかない。

恥ずかしすぎる。

どうにか笑ってごまかせば、彼女はきりっと表情を引きしめた。

「ご安心くださいませ。先ほどラング家から連絡が入りまして、シャノンさまに本家にお戻りになるようにとのことでした」

「ほ、本当ですかー!?」

思わず両手を組み合わせるヴィクトリアに、しっかりとしたうなずきが返ってくる。

「はい。シャノンさまもそろそろ、決まったお相手をお選びになるお年頃ですから。皇都で催されるさまざまなパーティーへの招待状が、引きも切らないご様子でしたわ」

「よ……よかったぁ……」

ヴィクトリアは喜びのあまり、うるうると瞳を潤ませた。

「もうもう……！　このままシャノンさまが休暇の終わりまでこちらに滞在されることになったら、どうしようかと思いました……！」

貴族のお坊ちゃまにはお坊ちゃまらしい休暇がお似合いだ。

うふふおほほのパーティーで、素敵な女性たちと楽しんでいればいいのである。

そう思ったところで、ヴィクトリアははたと思い出す。

リージェスも貴族のお坊ちゃまではないか。

ヴィクトリアは首をかしげ、メイドさんを見上げた。

「えぇと……リージェスさまは？　奥方さま選びのパーティーに、参加されなくていいんですか？」

素朴な疑問に、彼女は少し困ったような顔をした。

「リージェスさまは……その、そういった集まりがお好きではありませんから」

（……む。この話題はだめっぽい）

空気を読んだヴィクトリアは、それ以上ツッコむのはやめた。

あれだけの優良物件であるリージェスならば、いくらでも素敵なお嬢さまを選べるだろう。そう慌てることもないのかもしれない。

何はともあれ、すっきりと雨の上がった翌朝。

シャノンが皇都に戻っていったとメイドさんに知らされ、ヴィクトリアは心底ほっとした。

「リージェスさま、リージェスさま？　シャノンさまにわたしのこと、バレてませんでした？　大丈夫でした？」

シャノンの馬車を見送ったリージェスが戻ってくるなり、ヴィクトリアはぱたぱたと駆け寄った。

彼から、少し困ったような微笑が向けられる。

「まぁ……バレてはいないが——いや、大丈夫だ。おまえが気にすることは何もないよ」

「そうですよね！　シャノンさまにとって、わたしは男の子なんですし！」

リージェスは微妙な顔になった。

「……確かに、『楽園』にいるときのおまえと今のおまえを結びつける奴はいないだろうな。つくづく、詐欺だと感心するぞ」

どこか楽しそうに言われ、ヴィクトリアはへにょりと眉を下げた。

「なんだか、褒められている気がしないのです……」

「いや、褒めているぞ？　大したものだ」

真顔のリージェスに、ヴィクトリアはむくれた。

「どうせなら、もっとわかりやすく褒めてほしいのです！」

「残念ながら『楽園』の授業では、男装の褒め方は教えてくれないんだ」

ヴィクトリアの主張をさらりと流し、リージェスはぽんぽんと軽くヴィクトリアの頭を撫でた。

「……あいつもこれから、忙しくなるだろうし。すぐに忘れるさ」

それはやはり、お嫁さま選びでお忙しくなるということなのだろうか。

聞いてみたくてうずうずしたけれど、流れ的にリージェスのお嫁さまの話題に突入してしまいそうなので、我慢する。

（お貴族さまのきらきらしたお嫁さま選びのパーティーなんて、乙女にとってはかなり萌え萌えするネタなのですが……。いやいや、我慢しますよ。我慢しますってば）

ヴィクトリアには、他人様のプライベートをほじくり返して喜ぶ趣味はないのである。


それから夏の休暇が終わるまでの時間は、至って穏やかなものだった。

リージェスは涼しい建物でのんびり過ごすのが好きなのかと思っていたのだけれど、海に誘うと意外にもあっさり付き合ってくれた。

どうやら、ヴィクトリアの何かが彼にとって笑いのツボなのはモーガンの言う通りらしい。

以前に比べると、リージェスはこのごろ格段によく笑う。

だんだんボードゲームやカードゲームのコツをヴィクトリアが覚えてきて、最近はいい勝負をできることが多い。

すると、リージェスは途端に手加減をやめて、まったくたちうちできなくなったので、ちょっと悔しかった。

――楽しい時間は、あっという間に過ぎ去っていく。

休暇の最終日を翌日に控えた朝、ヴィクトリアは別荘に来たときと同じくメイア家のメイド服を着ていた。皇都では、どこに誰の目があるかわからない。

『楽園』近くの宿までメイド姿で行き、そこで制服に着替える。そして、リージェスとは別々に寮に戻る予定である。

別荘の外まで見送りに出てくれたひとびとに、ヴィクトリアは精一杯の感謝をこめてお礼を言った。

「お世話になりました！　とても、楽しかったです。ありがとうございました！」

モーガンは、にこりと笑った。

「こちらこそ、大変楽しゅうございました。また、いつでもおいでくださいませ。ヴィクトリアさま」

いつでも――と言われても、多分これが最初で最後だ。

リージェスは『楽園』の最上級生で、半年後には卒業してしまうのだから。

困って曖昧な微笑を浮かべたヴィクトリアから、モーガンは笑顔のままリージェスに視線を移して言う。

「甲斐性なしな主を持つと、我々も困ってしまうのですよ？」

「……わかっている」

むっとしたように眉をひそめたリージェスの横顔を見上げ、ヴィクトリアはおののいていた。

『楽園』では完全無欠の寮長さまと言われている彼だ。

まさか親しいひとに甲斐性なし呼ばわりされているとは――人間の価値観というものは、本当に幅の広いものらしい。

ともかく、休暇はこれで終わりだ。

皇都に戻り、宿でカツラをはずし大分元の色になってしまっていた髪を染め直した。そして、眼鏡と制服で武装完了。

ヴィクトリアはすっかり、『楽園』の落ちこぼれの姿になった。

最後に、隣の部屋にいるリージェスに挨拶に行く。

久々の制服姿のヴィクトリアを見ると、彼はものすごく複雑そうな顔をした。

ヴィクトリアはひょいと肩をすくめる。

「やっぱり、詐欺ですか？」

「……まぁ……そうだな」

ため息をついたリージェスが、少し迷うようにしてから手を伸ばしてきた。

そのまま軽く引き寄せられて、柔らかな抱擁を受ける。

さよならの、挨拶。

「——オレの部屋の暗証番号は、覚えたな？　何か困ったことがあったら、いつでも連絡しろ」

「えと……はい」

確かに帰りの列車の中で番号は教わった。しかし、『楽園』に戻った後もそんな迷惑をかけるわけにはいかない。

社交辞令だろうと思いながらうなずく。

ヴィクトリアの様子に、リージェスが不機嫌そうな声になった。

「おまえ、今、ものすごく適当に返事をしただろう」

「ど、読心術ですかッ!?」

ぎょっとして彼を見つめると、リージェスは貴族のお坊ちゃまらしからぬ舌打ちをした。

「……『楽園』でオレがおまえに迂闊に近づけば、めんどうごとが起きかねないからな。その……おまえのことを無視するような形に、なると思う」

「はい。わかってます」

寂しいけれど、仕方のないことだと納得している。

「ヴィクトリア」

「はい？」

リージェスは一瞬、何か言いかけるようにして——ふっと視線を逸らした。

「ヴィジュアルのインパクトというのは、アレだな……。いくら頭で理解しているつもりでも、そう簡単に納得できるものではないんだな」

なんだかぶつぶつとつぶやいている。

大丈夫だろうか。

「あの……リージェスさま？」

「……いや。こっちの話だ。——とにかく、今後何があろうと、オレがおまえの敵になることはない。いいな。それだけは、絶対に覚えていろ」

寮長さまに味方宣言をしていただいた。

ヴィクトリアはにこりとほほえむ。

「ありがとうございます、リージェスさま」

彼のことを堂々と「リージェスさま」と呼ぶのも、これでおしまい。

いつか、自分がしっかりとひとり立ちし、新しい関係性を作れるようになれば、変わるのかもしれない。

けれど、これから戻る『楽園』の中では、彼は生徒たちのトップ。

自分は最下層の落ちこぼれなのだ。

「本当に、ありがとうございました。お元気で」

「……おまえもな」

こうして、楽しかった休暇は終わってしまった。

第四章　けがをしてしまいました

『楽園』に戻ると、何事もなかったかのように元の生活が再開された。

ただ、休暇明けの座学テストで、ちょっとした異変が起きた。

テスト後に廊下に貼り出される席次一覧で、リージェスとヴィクトリアはいつも通りそれぞれ四年生、一年生のトップにいた。

しかし、常に三年生のトップスリーに入っていたシャノンが、二十番以下にまで席次を落としたのである。

休みボケだろうか。それとも、お嫁さま探しのパーティーで、きゃっきゃうふふな空気に呑まれてしまったのか。わからないけれど、時折遠目に見かける彼の姿は、ひどく落ちこんでいる風であった。

ヴィクトリアは、夏の休暇中に嘘をついたことが、若干後ろめたい。

元気のない彼に、心の中でひそかに「がんばってくださいねー」とエールを送った。

だが、戦闘実技の授業がはじまってしまえば、そんな余裕はきれいさっぱりなくなった。

休暇前までの基礎訓練よりも、はるかに実践的な訓練が開始されたのだ。

ヴィクトリアは基本的に、見聞きしたことはあんまり忘れないため、勉強は得意だ。

でも、生まれてこの方、どつき合いのけんかの経験はない。

体力もないし、戦闘実技の授業がある日はいつも憂鬱(ゆううつ)だ。

クラスの中には、何が楽しいのやら、やたらとこの授業に気合いを入れる者もいる。

魔導剣や魔導具を使わない体術は、正直今ひとつその有用性がわからない。だが、この科目が戦闘実技におけるすべての基本だというのだから仕方がない。

とはいえ、毎度毎度重たいプロテクターをつけて走り回ったり、どつき合い——ではなく、一方的にどつかれたり投げ飛ばされたり、果(は)ては吹っ飛ばされたりするのは、正直かなりきつい。

四年間三食宿代免除の学生生活は、やはりそうお気楽に手に入るものではないらしい。

『楽園』に戻って以来、ヴィクトリアの寝起きは悪くなる一方だし、まったく踏んだり蹴(け)ったりである。

そうして一日の最終授業が戦闘実技だった、ある日。

よろよろと寮(りょう)に向かって歩いていたヴィクトリアは、ふいに小脇(こわき)に抱(かか)えていた鞄(かばん)の重みがなくなって、目を丸くした。

「……はれ?」

疲れすぎた腕から鞄(かばん)がすっぽ抜けてしまったのか、と思いながら振り返る。

するとそこには、むっつりと顔をしかめたクラスメートの少年が立っていた。

確か、どこぞの貴族の後見を受けていて、戦闘実技にやたらと熱心に取り組むメンバーのひとりだった気がする。

年頃は自分と同じくらいに見える。

見上げて、リージェスやシャノンほどではないものの、背が高いことに気づいた。まだ幼さの残る顔立ちではあるが、かなり整っている方だろう。もしかしたら、最下級クラスにいるといっても、その中でトップに近い魔力保有量なのかもしれない。

そんなことを考えながら、ヴィクトリアはぼーっと突っ立っていた。

なぜなら、彼の手の中に自分の鞄があるからだ。

このままでは、どうにもリアクションに困ってしまう。

(早く続きをお願いします)

そう思っていると、少年が一層顔をしかめた。

「はれ、じゃねーだろ。何突っ立ってんだよ」

苛立たしげに言われ、はぁ、とヴィクトリアは首をかしげた。

「このままあなたに鞄を持っていかれて、捨てられたり隠されたり埋められたりするのでしょうか。そうしたら、探すのはちょっと大変そうだなーと思っています」

少年は、ひくっと顔を引きつらせた。

「だ……っ誰がそんなことするかー！」

ヴィクトリアは驚く。

鞄を奪った上に呼び止めるとなると――

「鞄系だと、そのあたりが定番なのかと思っていたのですが……。もっとオリジナリティにあふれたいじめ方があるのですね。不勉強で申し訳ありません」

「鞄系ってなんだ、鞄系って……。おれは今、生まれて初めて、自分よりも弱そうな奴を殴りたくなっている」

「殴りたい」の言葉に、ヴィクトリアはうなだれる。

「そうですか、暴力系でしたか……。痛いのは嫌いなので、できるだけお手柔らかにしていただけるとありがたいです」

「あー……。おれの言い方も悪かったかもしれないけどな。ひとをいきなり頭の悪いいじめっ子呼ばわりするのは、とっても失礼だと思う」

少年はやけに爽やかに笑った。

ヴィクトリアはやっと、あれ？　と思いはじめる。

「うん、おまえはもう少し、周囲の状況を把握した方がいいと思うぞ？　この衆人環視の中でおれが無抵抗のおまえをどついたら、完全におれが悪人だからな？」

「……おぉ？」

歩くのもつらいほど疲れ果てていたため、今までまるで意識の外だった。言われてみれば、ここは学舎から寮に続く道である。

そして放課後の現在、そこかしこに生徒たちがいるわけで――

「……たしかに、リンチをするには少々不適切な状況ですね」

ぼそっとつぶやいたヴィクトリアを、少年は生温かい目で見つめてきた。

「おまえの被害妄想が、ちょっと怖い」

「いえ、最近不幸の手紙も随分減ってきているもので。そろそろ実力行使に出る方がいらっしゃるかなぁ、と思っていたところだったのです」

「不幸の手紙!?」

少年は声をひっくり返した。

「ちょ、おま……そんなもんもらってんのかよ!?」

「はぁ。それがなかなかレトロな風情で懐かしい香りを運んでまいりまして、やはり伝統というのはそうなるだけのものがあるものなのだなーと、そこはかとなく感動すら覚えまして……」

話している途中だというのに、少年の手刀が、ごすっとヴィクトリアの額を打った。

「……おでこが痛いのです」

「……すまん。昔から、壊れかけた魔導具はよく叩いて直していたんだ」

別に、壊れかけているわけではない。

ただ疲れているだけである。

少年は深々とため息をつき、今度は軽く握った拳でヴィクトリアの頭をこづいた。

「あんまり、痛くないのです」

「だから、おまえをどつきにきたわけじゃねーって。……そんっなよろよろしたやつが目の前を歩いてると、うぜえんだよ。鞄持ってやるから、とっととしやがれ」

ヴィクトリアは、目を丸くする。

彼の優しさに心打たれると同時に、彼自身に興味がわいた。

「なんと。危ない実力行使系のいじめっ子かと思いきや、その正体は、捨て犬を見かけると放っておけない、やんちゃ系の心優しい少年でしたか。大変失礼いたしました。ところで、やっぱりあなたは、本当は寂しがり屋だったりするのでしょうか」

「……っ」

心から詫びたのに、少年は何やら顔を真っ赤にしてふるふると震えだした。

（……あれ？　何か、怒ってる？）

一体どうしたというのだろうか。

ヴィクトリアが困惑していると、突然伸びてきた少年の手にがっしと頭を掴まれた。

もしかしたらこの『楽園』では、ひとの頭を鷲掴みにするのが流行っているのかもしれない。

「……いいか、コーザ。これからおまえの部屋に着くまで、一言もしゃべるんじゃねえ」

少年の迫力が怖かったので、ヴィクトリアは素直に彼の言うことを聞くことにした。

ふたたびよろよろと歩き出し、どうにか自室の前にたどりつく。

内ポケットから鍵を取り出して鍵穴に差しこもうとしたけれど、指が震えてうまくいかない。

それを見かねたらしい少年が、取り落とした鍵を拾って乱暴な手つきで扉を開けてくれた。

「あ……ありがとう、ございます」

自室に着いたから、もうしゃべってもいいだろう。

しかし、ヴィクトリアの礼に少年は何も反応しなかった。

不思議に思って見上げると、彼の視線はヴィクトリアの室内に完全に釘づけになっていた。

――正確には、部屋の机の上。

いつかシャノンの妹、ミュリエルにプレゼントするために作っておいた、黒い仔猫の姿を模した魔導具に。ちなみに、休暇中にできた魔導石を使用している。

ヴィクトリアが己の「可愛いモノ好き魂」にかけて外観設定を丹念に計算した自信作だ。

鳴き声から仕草、肉球の柔らかさに至るまで、こだわり抜いて作り上げた愛らしい仔猫である。

昨夜補充した魔力が、まだ残っていたのだろう――

「みゃあ」

それはそれは愛くるしい声で、仔猫は鳴いた。

「……っ！」

少年は、ひょっとして鼻血でも噴くんじゃないだろうかと思うほど、顔を真っ赤に染める。

どうやら、完全にその愛らしさにノックアウトされてしまったようだ。

やはりやんちゃ系の少年は、小動物に弱いものらしい。

その場にしゃがみこみ、引き続きふるふると震えている。

「あの……一応申し上げておきますが、あれは魔導具です。本物の仔猫ではありません」

「魔導具!?　あれが!?」

少年が、ばっと顔を上げた。

「はい。よければ、ご覧になりますか？」

一応尋ねてはみたが、ここで彼が断ることはないだろう。返事を待たずに部屋に入り、仔猫を手のひらに載せて振り返る。

「あまりひとに見られたくないので……部屋に入っていただけますか？」

ぎくしゃくとうなずいて、少年は素直に部屋の中に入ってきた。

どんなに挙動不審になってもきちんとヴィクトリアの鞄を持っているあたり、基本的に真面目な性格なのだろう。

「どうぞ」

鞄を床に置いた彼の手のひらに、そっと仔猫を載せてやる。

夜に抱いて暖を取ることもできるよう、柔らかさと温かさにもこだわった逸品だ。

何か文句があるなら言ってみろ、と内心ふんぞり返る。

「に……」

少年が、赤く染まった顔でぽつりとつぶやいた。

「肉球は、ピンクなんデスねー……」

ヴィクトリアは、ちょっと引いた。

少年の瞳は完全にうるうるになっている。

だが、気持ちはとってもよくわかるので、かろうじて踏みとどまった。

「お気に召しましたか？」

「あー……このコ、どこで売ってんの？」

ヴィクトリアはおののいた。

(「このコ」呼び、キター!?)

少年の脳のとろけ具合が、さすがに心配になってくる。

ヴィクトリアは彼を必要以上に刺激しないよう、慎重に口を開いた。

「いえ……これは、買った物ではないのです。それに贈り物ですので。申し訳ありません」

少年は、とても残念そうな顔をする。

「そっかぁ……じゃあ、仕方ないなー。肉球ふにふに……つやつや……もっふもふ……」

ヴィクトリアは、悟った。

この『楽園』でつらい思いをしているのは、決して自分だけではないのだと。

仔猫型魔導具に骨抜きにされめろめろになってしまうほど、彼だってつらい日々を送っているのだろう。……多分恐らくきっと。

ヴィクトリアは決心した。

「あの……」

「んー?」

「よければその魔導具、差し上げましょうか?」

少年が、くわっと目を見開いた。

「い……いいのか!? 大事なものなんじゃ……!」

ヴィクトリアは小さな魔導石でも作るのにひと月ほどかかるので、そういう意味では大切なものには違いない。

だが、ミュリエルへの贈り物は、また作ることができる。

「お気になさらないでください。親切にしていただいたお礼です」

ヴィクトリアの言葉を聞いた瞬間、少年の顔が見事に輝いた。ちょっとまぶしかった。

「お……っ、おまえ、いいヤツだったんだな……！」

そのお言葉は、そっくりお返ししたいところである。

魔導具ひとつでこれほど心を開いてしまうとは、いつかアヤシイ詐欺に遭ってしまうのではないだろうか。他人事ながら、とても心配だ。

「おれは、ランディ・シンだ。ランディでいい」

「ヴィクトリア・コーザです。お好きなようにお呼びください、ランディさま」

そう言うと、ランディは顔をしかめた。

「さま、いらねーよ。同じ平民出だろうが」

「あ……つい、クセで。すみません」

ランディは苦笑を浮かべた。

「気持ちはわかるけどな。ここじゃとりあえず、相手にさま付けで敬語使ってりゃ間違いねーし」

「はい」

「だから、敬語もいらねーって」

そう言われても、普段通りの言葉遣いだと女言葉になってしまう。

今後、平穏無事な学生生活を送るため、クラスメートからオカマ呼ばわりされるのは遠慮したい。

「いえ。なんだかもう、こちらが楽になってしまったので。気にしないでください」

そっか、と肩をすくめた彼は、それ以上ツッコんでくることはなかった。

よかった、と心の中で息をつく。

「それにしても、おまえのアタマってどうなってんだよ？　入学して以来ずっと首席とか、マジ信じらんねー」

「亡くなった母が、魔導具職人だったんです。魔導具に関することは、ひと通り学んでいましたから」

ヴィクトリアの返事に、ランディが少し気まずそうな顔になった。

「あー……そういや前、寮長さまにそんなこと言ってたっけ。悪い。無神経だった」

いえ、と短く返すと、ランディはからかうようにぴっと人差し指を向けてきた。

「いやーおまえ、あの完全無欠の寮長さまに言うだけ言った挙句に、謝罪までさせちまったんだからな。最下級クラスのおまえが！　あれからしばらく、その話題で持ちきりだったんだぜ？」

「……お見苦しいものをお見せして、申し訳ありません」

あれはヴィクトリアの中でも、かなりの黒歴史なのである。

できれば、あんまりつつかないでいただきたい。

そこでふと、ランディが気遣わしげな表情を浮かべた。

「そういや休暇前に寮長さまが、すんげー剣幕でおまえのことを怒鳴ってたって聞いたぞ。何やったんだ？　大丈夫だったか？」

……この少年は、ひとの黒歴史を探知するスキルでも持っているのだろうか。

ヴィクトリアは、やんわりと笑ってごまかした。

「ちょっと、ばかなことをしてしまいまして……。寮長さまはいい方です。反省したら、きちんと許してくださいました」

ヴィクトリアの返事は本当に予想外だったのだろう。へえ、とランディが目を丸くする。

「あの冷血鉄仮面な寮長さまがねぇ。ひとは見かけに寄らないってことか」

「れ、冷血鉄仮面？」

「だって、いっつも無表情だし、何をしても完璧だって話だし。デキがよすぎて、同じ人間じゃないみてーな感じしねえ？」

ランディは笑って言った。

ヴィクトリアは困惑して返事をし損ねた。

夏の休暇前の自分だったら、その意見には力一杯同意していただろう。

「いっつも学年首席っつったら、おまえも同じなんだけどさ。おまえはホラ、戦闘実技がグダグダもいいとこだから」

「すみませんね、グダグダで」

その後ひとしきり雑談をしたランディは、帰りがけにふと振り返ってヴィクトリアに聞いた。

「あ、このコの名前、なんてーの？」

ほかの生徒たちに見られないよう、胸の内ポケットに大切にしまった魔導具を示す彼に、ヴィクトリアはにこりと笑いかけた。

「もう、あなたのものですから。お好きな名前をつけてください。大事にしてやってくださいね」

「そっか。ありがとうな。もちろん、マジで大事にする！」

それはそれは幸せそうな顔のランディを見て、ヴィクトリアは思った。

世間一般的に、仔猫型の魔導具に名前をつけるほど可愛がる少年というのは、果たしてアリなのだろうか――と。


その日以来、教室でランディが屈託なくヴィクトリアに話しかけてくるようになったからか、少しずつほかの平民出の生徒たちと話をすることが増えてきた。

貴族階級の生徒たちは相変わらずの完全無視だが、それは別にどうでもいい。

昼休みに一緒に食事を取る仲間ができて、ヴィクトリアはとても嬉しい。

(リージェスさまと一緒にご飯を食べることに、慣れちゃってたからなー。実はひとりで食事をするのはかなり寂しかったりしたのだよ。ありがとうランディ！)

少しずつ親密度が上がるにつれ、彼らは時折、さらりと自分たちの内情を話すようになってきた。

「……え？　ランディたちの魔力保有量って、本当は上級クラスレベルなんですか？」

ある日の昼休み、彼らの会話の中で聞こえてきた話に、ヴィクトリアは驚いて尋ねた。

すると、揃ってあきれ返ったような視線を向けられた。ちょっと痛い。

おまえなぁ、とランディがため息をつく。

「ほんっっとに、ジョーシキの欠けたヤツだな。本当に最下級クラスレベルだったら、わざわざ貴族が後見しようなんて思うわけねーだろ？　平民出の連中は、全員上級クラスレベルの魔力保有量が基本なんだよ」

「えと……でも。平民出の生徒は全員、最下級クラスですよね？」

ランディの隣でパスタを咀嚼していたクラスメートが、軽くフォークを振り上げて言う。

「だーかーら。その辺は、貴族のお坊ちゃまたちのメンツってヤツを立ててんの。魔力保有量を測定するときにそれくらいに抑える、ってのが、平民の常識なわけなのですよ、ヴィッキーくん？」

愛称でたしなめられ、ヴィクトリアは首をかしげた。

「でもそれじゃあ、せっかく魔導具を扱うために充分な魔力を持っているのに、実技の授業を受けられないですよね。もったいなくないですか？」

「そうだねー。もったいないよねー。だからおれらは、課外授業を受けるように学校側から言われてんの。それで、自由時間ががっつり削られてんだよねー」

実に楽しげにランディは言うが、目が全然笑っていない。ヴィクトリアはあきれた。

「なんという無駄なことを……」

思わずつぶやくと、ランディに人差し指と中指の二本でごすっと額をこづかれた。

「痛いです」

「すまん。だが、己の置かれている理不尽な状況を改めて指摘されると、非常にイラつくものなのだ」

大盛りのパスタをあっという間に腹におさめたクラスメートが、くっくっと、肩を揺らす。

「オレは結構、見てて楽しいけどな？　ヴィッキーが全然周りの空気読まないで、しらっとした顔で首席取ってんの。お坊ちゃま方が悔しそうな顔するとことか、ほかじゃ見られねーし」

「……え。みなさんひょっとして、座学も手加減してらっしゃるんですか？」

その問いには、あっさりと否が返った。

「いんや？　おれら勉強、嫌いだし」

「そうそう。魔導具使って体動かしてる方が、性に合ってる」

そんな彼らが楽しみにしているのは、『楽園』でもうじき開催される、年に一度のお祭りなのだという。

「へぇ。楽しそうですね」

ランディがにやりと笑った。

「おうよ。そんときばかりは完全無礼講。貴族のやつらと本気で闘ってもいいんだよ。正々堂々の勝負で負けて文句を言うヤツは恥ずかしいって、学長のお墨つきの大会だからな」

「……へ？」

間の抜けた声をこぼしたヴィクトリアをよそに、クラスメートたちはうんうんとうなずき合う。

「ま、要は学校とお貴族さんが、優秀な学生を選別したいってなとこなんだろうけどな」

「なんだかんだ言っても、後見してる貴族連中にとっては、オレらが使い物にならなきゃ意味ねーわけだし」

何やらものすごく物騒なオーラをかもし出す彼らに、ヴィクトリアは恐る恐る問いかけた。

「あの……その、お祭りというのは、実際にはどんなことをするのでしょう？」

――『楽園』における年に一度のお祭り。それは、トーナメント方式による、体術限定の武術大会のことであった。

ヴィクトリアは、ふっと遠くを見た。

「……そんな大会が存在するのですか。ところで、初戦敗退が確定しているわたしに、出場義務はあるのでしょうか」

その問いに、ランディは厳かに答えた。

「期待に添えずに申し訳ないが、この大会は全員参加だ」

「なるほど。心から残念です。……骨は拾ってくださいね」

クラスメートたちからの同情の眼差しが、とても生温かかった。

とはいえ、武術大会ではプロテクターの使用が必須で、安全面には最大限の配慮をしているらしい。ヴィクトリアは、ひとまずほっとした。

「あの、一応お尋ねしておきますが、試合開始直後に降参するというのは――」

「当然ながら、禁止です」

そういった八百長めいた行為は、発覚した時点で戦闘実技の単位を取り消されてしまうのだという。

（うぅ……っ、少なくとも一回は、本気でどつかれなくちゃならないんですね！　……きちんとプロテクターで攻撃を受けられるように、がんばろう）

痛いのも怖いのも大嫌いなヴィクトリアは、今から涙目だ。

そんな彼女の嘆きなど知る由もなく、脳筋なクラスメートたちは武術大会の話題ですっかり盛り上がっている。

「あー、トーナメントで二年のムカつく連中と当たらねーかなー」

「向こうもきっと、同じことを考えてるさ」

「けど、なんだかんだ言っても、あれだよなー。去年も寮長さまとラング家の……シャノンさまだっけ？　決勝はあのふたりだったんだろ？」

この夏以来、すっかり耳になじんでしまった名に、ヴィクトリアは思わず顔を上げた。

「寮長さまとラングさまは、そんなにお強いのですか？」

途端に、彼らは可哀想なものを見る目になった。その後、思い直したようにランディが答えてくれる。

「ああ、そうだな。寮長さまは入学して以来、三年連続優勝。シャノンさまは二年連続準優勝。さすが皇国軍の双璧といわれる家柄。格が違うって感じだな」

うんうんとうなずくランディの言葉を聞き、ヴィクトリアは感心した。

「おふたりとも、すごいのですねぇ」

しかしそこで、クラスメートのひとりが軽く首をかしげた。

「けどこの間、ちょっと三年の知り合いに聞いたんだけどさ。休暇明けからずっと、シャノンさまの調子がよくないみたいだぜ？」

「え、そうなのか？」

目を丸くした仲間たちに、彼はああ、とうなずいた。

「なんか、いつも気合いが入ってねーっつうか、そんな感じらしい。休暇中に何かあったんかね？」

それを聞いて、やっぱりお嫁さま候補のお嬢さま方と何かあったのかな、とヴィクトリアはわくわくした。

そして、噂をすればなんとやら。

久しぶりにシャノンから内線で連絡が入ったのは、その日の夜だった。

『――よう。元気にしてたか？』

「はい。お久しぶりです、シャノンさま。シャノンさまはご機嫌麗しく――というわけでもなさそうですね？　一体どうされたのですか？」

通信機の向こうから聞こえてきたあまりに気の抜けた声に、ヴィクトリアは驚いた。

いつも元気に愉快な妄想を爆裂させている彼らしくもない。

不思議に思って聞くと、少しの間の後、彼はわけのわからないことを言い出した。

『……なあ。平民の女の子って、貴族の男を怖がるもんか？』

「は？　……はぁ。そこは個人差はあるかと思いますが。憧れ半分、恐怖半分という方が大半ではないでしょうか」

『憧れるもんなのか⁉』

ものすごい勢いで食いつかれた。声が大きすぎて、ちょっと耳が痛い。

少し通信機を耳から離し、ヴィクトリアは誤解のないよう丁寧に説明することにした。

「よろしいですか、シャノンさま。若い女の子は、おしなべて夢見がちなものなのです」

田舎の友人を思い浮かべながら、ゆっくり話す。

「貴族の女性がどうかは存じませんが、少なくともわたしの身近にいた方々はそうでした。女の子は幼い頃に一度は、素敵な王子さまが迎えにきてくれるという妄想に取りつかれるのです」

少し呼吸をして、彼の反応を待ってみるが、通信機の向こうは静かだ。

「そして、ここでいう『王子さま』とは、身分が高く、姿がよく、財産がある方。さらに、なんの努力をせずともにこにこ可愛らしく笑っているだけで、自分を高貴なお姫さまのようにちやほやと甘やかして大切に扱ってくれる方のことです。現実にはありえない偶像ですが、それが理想なのです。そういった意味において、貴族の男性は彼女たちの妄想条件に一部合致するため、憧れの対象となります。おわかりいただけましたか？」

シャノンは聞いているのだろうか。

反応がない。

ヴィクトリアはとりあえず、続けることにした。

「ですが、そういった妄想は成長して現実を理解するにつれて、必ず醒めていくものです。おとぎ話に出てくるような都合のいい『王子さま』など、この世にはいません。そして大人になった女性たちは、一緒に人生を歩んでいける、同じ価値観を共有できる旦那（だんな）さまを選んで幸せになるのです。うらやましいです」

　母さえ生きていてくれれば、自分もそんな人生を歩んでいけたはずなのだが、残念なことである。

　しみじみしていると、シャノンがやけに低い声で語り出した。

『……オレは侯爵家の跡取りで身分はあるし、見た目も悪くねえし、金に困ってねえし、きっちり女の子を大事にするぞ』

　よかった。

　あまりに返事がないので、通信が切れているのかとちょっぴり心配していたのだ。

　しかし、少し遅れて彼の言葉を理解した瞬間、ヴィクトリアはおののいた。

「シャノンさま……あなた、王子さま願望があったのですか」

『好きな女の子限定だ、ボケ。ひとを妄想力豊かなお子さまみたいに言うんじゃねえ』

「これはあくまでもわたしの個人的な見解ですが、男の子の妄想力が最も活発になるのは十三歳から十五歳までの間だと思います」

　束の間（つかのま）、沈黙が落ちる。

『……その情報には、何か意味があるのか？』

「ないです。申し訳ありません、余計なことを言いました」

　ちょっと、動揺（どうよう）してしまったのである。

　軽く咳（せき）払いしたヴィクトリアは、にやつきそうになる頬が相手に見えないことを感謝した。

あくまでも声だけは真面目なトーンを保ち、話しはじめる。

「つまり、シャノンさま。このところあなたが不調なご様子だと皆が噂していたのは、平民の女性に対する恋煩い、ということで間違いないでしょうか？」

『そうはっきり言うな。照れるじゃないか』

堂々と言われては、全然、照れているようには聞こえない。

「お相手の方とは、まだお親しいわけではないのですね？」

『……こっちの名前は、名乗った。相手の名前も知ってる』

シャノンはなぜか、非常に不本意そうである。

「先ほど、真っ先に『平民の少女は貴族の男性を怖がるものなのか』という問いをされましたね。ということは、お相手の方を怖がらせるようなことをされたのですか？」

『……その辺がわからないから、困ってる。オレは、普通に話しかけたつもりだった』

ヴィクトリアはその言葉に、心の中でため息をついた。

残念ながら、貴族の「普通」と平民の「普通」は、大いにかけ離れているのである。

ヴィクトリアはシャノンに厳かに告げた。

「シャノンさま。――想像してみてください。その方にしたのと同じことを、あなたが皇帝陛下にされるところを。さて、一体どのようにお感じになりますか？」

今度は、かなり長めの沈黙があった。

シャノンはどうやら、女の子に対して決してやってはいけないレベルのことをしてしまったと思われる。

　ヴィクトリアは、ふっと息を吐いて言った。

「――シャノンさま。あきらめましょう」

『は、早すぎるだろう!?』

「あきらめが肝心ですよ。それに、もしそのお相手の方と万が一、想いが通じ合ったとして、一体どうなさるおつもりですか。愛人としてお囲いになるのですか？　侯爵家に平民の女性が嫁いで幸せになれるとは、到底思えません。お相手の方のためにも、すっぱりと潔くあきらめられることをおすすめいたします」

　至ってまっとうな意見のつもりだったのだが、シャノンは頑固に反論してきた。

『勝手に決めつけるな。そりゃあ、うちは侯爵家の看板を背負ってはいる。だがな、元をたどれば山賊の頭領だ。平民の女を嫁にもらったくらいでガタガタ言うような奴は、ラングにはいねえよ』

「山賊!?」

　声をひっくり返したヴィクトリアに、シャノンはなんだかえらそうに言った。

『おうよ。ついでに言うなら、リージェスのメイア家は元海賊だ。あいつのばーさんも確か、平民の出だぞ』

「はぁ……そうだったのですか」

　なんだか、ものすごく意外だ。

　この国の貴族には、かなりフリーダムな方々がいらっしゃるらしい。

ひとしきり感心した後、ヴィクトリアは調子に乗りかけている青春真っ盛りの若者に、びしっとツッコんだ。

「爵位に加えて元山賊というド迫力なご先祖をお持ちだったのですね、シャノンさま。お相手の方は、どれほど恐ろしい思いをなさったのでしょう。お可哀想に」

『……っ！』

「大体、恋煩いで大切な学業を疎かにするような方は、身分を問わず女性から見てかなりダメダメです。そんな情けない根性の方に、人生をあずけることなんてできません。その方とお会いしたときに『キミを想うあまり、成績が落ちまくっちゃったよ。はっはっは』などと言うのですか。そんなセリフが口説き文句になると思いますか？　少しは、しっかりしゃっきりなさってください」

これからもリージェスの友人を名乗るつもりなら、それなりの気概と根性を見せてほしいものである。ヴィクトリアは武術大会の決勝戦で、万全の状態なふたりの対戦を見たいのだ。

それくらいの萌えるご褒美がなければ、恐ろしい大会のせいで『楽園』から逃げ出したくなってしまうではないか。

『……なぁ、コーザ』

「はい。なんでしょう？」

『可憐で控えめで華奢で泣き虫で、でも笑ったら滅茶苦茶可愛くて、触ったら壊れそうなほど繊細で思いやりのある女の子ってのは、何をしたら喜んでくれると思う？』

シャノンの問いを聞いて、ヴィクトリアは半目になった。

「……シャノンさま」

『なんだ？』

ちょっぴり痛む頭を抱えながら、できるだけ穏やかな口調でゆっくりと言う。

「少し、お疲れなのではありませんか？　あまり無理はなさらないでくださいね」

そんな妖精のような少女は、残念ながら、男の妄想の中にしか存在しないのである。

＊　＊　＊

時間はいつの間にか過ぎ去っていくものである。

授業が終わり、『楽園』中が異様なまでの熱気に包まれる中、どんより顔のヴィクトリアが見つめているのは、校舎中央掲示板。

（あー……やっぱり憂鬱だわー……）

そこには、憂鬱極まりないガチンコバトル大会のトーナメント表が貼り出されている。

来週からいよいよ、三日間にわたる男の祭典がはじまるのだ。

大会に備えて、今日からの授業はすべて午前中で終わり。

午後からはそれぞれ自主トレーニングをがんばりなさいね、ということらしい。

普段は走りこみや屋外訓練に使用されている広大なグラウンドは、今日は使えない。昨日から入った専門の技術者によって、正方形のブロックを組み合わせた闘技スペースがいくつも造設されつつある。

闘技スペースは、なんでも魔導具の一種なのだという。多少破壊されてもすぐに自己修復する、すぐれものらしい。

そこで、くじ引きで決められたトーナメント通りに試合が進められていくのだ。

ヴィクトリアの対戦相手は、まるで知らない名前の三年生だった。

やけにお名前が長いので、おそらく貴族階級に属しているのだろう。

なんにせよ、ヴィクトリアより弱い生徒など、『楽園』にはいない。だから、誰と当たろうと同じことではあるのだが。

(どこのどなたかは存じませんが、八百長疑惑だけは向けられないよう精一杯がんばりますので、お手柔らかにお願いします)

ヴィクトリアは内心手を合わせて祈る。

そのとき、ぽん、と軽く肩を叩かれた。

ランディだ。

「よう。おまえと初戦で当たるラッキーな野郎は、どこのどいつだ？」

「三年生の上級クラスの方ですよ。オリヴィア・ジルベスタ・ラズロ・アンダーソンさまです」

シャノンと同じ、女性名である。

ランディはその名を聞いて眉を寄せた。

「どうかしましたか？」

「あー……ああ。ちょっとな……。アンダーソンって言ったら貴族連中の中でも、結構国粋主義っつーか、血統至上主義な家だったはずだから。えーと……平民出のおれらを目の敵にしてる系？」

ヴィクトリアは、わーお、と目を瞠った。

「自分のくじ運の悪さに、ちょっぴり感動してしまいました」

「そんだけの余裕がありゃあ、大丈夫だ。健闘を祈る」

まったく心のこもっていない激励だった。

ヴィクトリアはちょっぴり、ランディに膝かっくんをしたくなった。

「そういや、今回はゲストにラング家の大老がお出ましになるらしいぜ？　あ、シャノンさまのじーさんってことだぞー？」

「世間知らずで常識のないわたしにもわかるよう親切丁寧的確なご説明をありがとうございます、ランディ」

「……うん。棒読みで一気にそれだけ言えるって、結構立派な肺活量してんのね、おまえ」

お褒めにあずかり光栄である。

それにしても、とヴィクトリアはランディを見上げて聞いた。

「学生の武術大会を、侯爵家の方がわざわざご覧になるのですか？」

「ま、学生って言っても、おれらは皇国軍の士官候補生みたいなもんだからなー。ラング侯爵家は、メイア伯爵家と並んで武門の双璧だし。毎回そのあたりの有力者が見学に来てるらしいぜ？」

なるほど、とヴィクトリアはうなずいた。みんなの士気が上がっているわけだ。

武術大会に備えて優先的に訓練棟を確保できる貴族階級の生徒たちは、そこで最後の追いこみに励んでいる模様。校内の空いているスペースでも、生徒たちが訓練している。

そこかしこで響く気合いの入った声を聞きながら、ヴィクトリアは買い物に行くことにした。今更訓練したところで、自分には無駄だとよく知っている。

いくら『楽園』の売店が品揃え豊富だといっても、男の園では購入できない必要不可欠なものがいろいろとあるのだ。

街に出るたびに時計店の並ぶ通りをぐるりとひと巡りするのは、もはやヴィクトリアの習慣である。

夏の休暇以降、どうにかがんばって朝の点呼に遅刻しないギリギリの時間に起きてはいる。

でも、周囲で武術大会の熱気が高まりだしてからストレスが倍増したのか、最近、本当に朝がつらい。

(夜は早めに寝てるんだけどなー……。トイレ掃除はごめんだし、間近でリージェスさまの無表情な顔を見たくないのになー……)

夏の別荘でよく笑うリージェスを毎日見ていたからだろうか。

『楽園』で彼の姿を見ると、なんとなく気分がどんよりして、発作的に背後から彼の脇腹をくすぐり倒してしまいたくなる。

そんなことをしては、自分の『楽園』生活はそこで終了だ。どれほどの衝動がこみ上げても、ぐっと我慢せねばなるまい。

いい時計が見つかることを祈りつつ、寮に外出届を出して街にくり出す。すると、少し来ない間に、多くの店舗がディスプレイの飾りつけを変えていた。

夏の明るく華やかだった飾りがシックな秋の色合いになっていて、時間が経つのは早いなぁ、と感心する。

こういう店の飾りつけを見るのは、やっぱり楽しい。

皇都の中心はみんな美しく洗練されたものばかりだ。

必需品の買い物を終えてから向かった時計屋の通りも、大分ディスプレイの様子が新しくなっていた。

見慣れないデザインの商品が、それぞれ美しく見えるように配置されている。それらを眺めているだけで充分楽しい——のだが。

（く……っ、最近の皇都では、大音量系目覚まし時計の需要はないのですか……っ）

各店の目覚まし時計には、どれもこれも「美しいメロディで優雅な目覚めを」「小鳥のさえずりで爽やかに」「潮騒をあなたに……」などといったお上品なキャッチフレーズばかりついている。

春先にヴィクトリアがゲットできた時計は、もしかしたら新生活フェアのものだったのかもしれない。

あれが、学生や社会人に向けた、「遅刻すんなよ！」という時計職人たちの激励だったなら、今は見つからなくても仕方がない。

それから三軒の店を物色しても、自分の目的に適ったものが見つけられなかった。

ヴィクトリアは、公園のベンチで少し休むことにした。

しょんぼりした自分を慰めるべく、屋台で絞りたてのジュースを買ってベンチに腰かける。ひと口飲むと、冷たさとすっきりとした甘さに癒やされた。

いい天気だなー、と平和なことを考えて空を見上げたとき――

「……おい。おまえ」

――突然ヴィクトリアの腰かけていたベンチがしゃべった。

（ふおおぉおおぉおおっ⁉　皇都ではベンチがしゃべるのですかー⁉　随分可愛らしいお声ですね、ベンチさん！）

ヴィクトリアは、慌てて立ち上がった。

挨拶もせずに座ってしまったことを、詫びるべきなのだろうか。

いやでも、そもそもベンチというのは人間が座るために存在しているものだし、必要ないのか。どうなんだ。

葛藤していると、ベンチの下からひょこっと小さな金色の頭が出てきた。

（なんだ……）

しゃべっていたのは、ベンチの下に隠れていた子どもだった。ヴィクトリアはがっかりした。

歳は、シャノンの妹のミュリエルよりも少し幼いくらいだろうか。

少年の格好だから多分男の子だと思うけれど、とても愛くるしい顔立ちをしている。

ミュリエルとお揃いのドレスを着て並んでほしいくらいだ。

子どもは、ヴィクトリアの前に仁王立ちし、むっつりとした顔で口を開いた。

「喉が渇いたぞ。それをよこせ」

それ、と言って子どもが指さしたのは、飲みかけのジュース。

ヴィクトリアは、ちょっと子どもを踏みたくなった。

だが、行動に移してはいろいろとまずい気がする。

とりあえず、残りのジュースを一気に飲んで、紙コップをベンチ脇のゴミ箱に捨てた。

「ああーっ！　何をする!?」

「わたしが、わたしのお金で買った、わたしのジュースを飲んだだけです。それが何か？」

しつけの悪いガキだ、と思いきり蔑みをこめて言ってやる。

子どもは一瞬ひるんだようだったが、すぐに声を張り上げた。

「ぼくがよこせと言ったんだぞ!?」

「なぜ、わたしがあなたの命令を聞かなければならないんです？　飲み物が欲しいなら、あなたの使用人にでも言ってください」

「使用人じゃなくたって、ぼくの言うことは聞くものなんだ！」

ヴィクトリアはあきれた。

一体、どれほど甘やかされて育ったのだろうか。

この子どもの将来が少し心配になったものの、ヴィクトリアの知ったことではない。

関わっていられるか、と踵を返したところで、子どもの声が高くなった。

「待て！　どこに行く、無礼者！」

「……無礼者はどちらですか？　どうやらさぞ名のある家のお子さまのようですが、初対面の相手に頭ごなしに命令するような方のことを、無礼者というんです。ひとさらいに連れていかれたくなかったら、さっさとお屋敷にお戻りなさい」

うんざりしながら言ってやる。

途端に、子どもは落ち着かない様子になった。

さらわれるのが怖いという思いは、やはりあるらしい。

子どもはきょろきょろとあたりを見回し、うつむいてぼそぼそと消え入りそうな声で言った。

「……わからん」

「は？」

子どもは、聞き返したヴィクトリアをきっとにらみつけた。

「戻り方がわからんと言ったのだ、馬鹿者ー！」

ヴィクトリアは、生温かい目で子どもを見た。

どっちが馬鹿者だというツッコミは、めんどうなのでしなかった。

しかし、迷子を放っていくというのは、さすがに気分がよろしくない。

ヴィクトリアはとりあえず、子どもをベンチに座らせる。

状況を把握する前に、ふと浮かんだ疑問を口にした。

「それにしても、なぜベンチの下になどいたんです？」

子どもはさも当然というような顔で答えた。

「せっかく抜け出してきたのに、誰かに見つかったら困るだろう」

「なるほど。あなたを探している方が、この近くにいらっしゃるのですね」

それならば、さほど心配することはない。きっとすぐに保護者が見つかるだろう。

安心したヴィクトリアは、改めてその子を見た。

頭のてっぺんからつま先まで、実にきらきらした子どもである。身につけているものは、すべて細かなところまで繊細な装飾が施されている。髪も肌もお手入れされていて、人形のようだ。

その美しさにちょっぴり感心しながら、ヴィクトリアは尋ねた。

「あなたのお名前は？」

「ベルナルド・ティルティス・レンブラント・ネイ・ギネヴィアだ」

ヴィクトリアは固まった。

何度か瞬きをして、子どもを見下ろす。そして、静かに聞いた。

「……皇太子殿下でいらっしゃいますか？」

「そうだ」

あっさりとうなずいた子どもの前で、ヴィクトリアはがっくりと膝をついた。

（な……なんという……っ）

全身で「とっても大きなダメージを受けました」を表現するヴィクトリアに、子どもはさすがに慌てだした。

彼はベンチから立ち上がり、おろおろと口を開く。

「ど、どうした？」

（……いえいえいえ。なんでもありませんよ、皇太子殿下。ただちょっぴり、ショックなだけなのです。あなたが将来、この皇国を背負って立つお方だということが。これほどまでにワガママで、最低限の礼儀もわきまえていないおばかなお坊ちゃまが、未来の陛下……。その悲しい現実が、一国民としてとっても、非常に、ものすごく情けないのです。ついでに、皇国の将来が心配になっただけでございますから）

こんな残念な子どもが、いずれリージェスたちの主君としてふんぞり返るのか。そう思うと、なんだかとてつもなく腹立たしい。

しかし、現実とは常に残酷なものなのだ。

ヴィクトリアは、気が済むまでどんよりした。心の中でしみじみと嘆いた気持ちは、ぐっとこらえて腹の内におさめる。

心が静まるとおもむろに立ち上がり、汚れた膝を払う。

見ると、ヴィクトリアの挙動に驚いたのか、子どもは目を丸くして固まっていた。

ヴィクトリアは丁寧に一礼して、にっこりと笑いかける。

「失礼いたしました、皇太子殿下。これより、自警団の詰所にお連れいたします。どうぞ、ご安心ください」

幸い、自警団の詰所は二ブロック先。すぐ近くだ。

さっさとこの残念な殿下をあずけて、今日はもう帰って寝よう。

ヴィクトリアがふて寝を決めこんだときだった。

「……っ⁉」

ぞわりと背筋が粟立つような感覚がして――咄嗟に、ヴィクトリアは子どもを抱えて地面にダイブしていた。

受け身を取ろうとしたものの、子どもを抱えていたせいで背中を地面に強く打ちつけた。背中にふたり分の体重がもろにかかって、一瞬息が詰まった。

（って、のんびり痛がってる場合じゃないし！）

顔を上げれば、つい数秒前まで子どもが座っていたベンチが半壊している。その攻撃痕は、明らかに魔導具によって撃ちこまれたものだ。

まさか『楽園』の戦闘訓練が役立つとは。思わず自分に感心しつつ、ヴィクトリアは子どもを抱えたまま手近な茂みに飛びこんだ。

しかし、襲撃者は最初の攻撃が失敗した時点で引くことにしたのか、それ以上の危険が迫ってくる気配はなかった。

はぁ、と息を吐いて腕をゆるめると、子どもがぎこちなく顔を上げた。

何度か瞬きしてから、少しかすれた声で口を開く。

「おまえ……どこかの、護衛なのか？」

「は？　あぁ、いえ。わたしは『楽園』の学生なので、基本的な訓練を受けているだけです。……って、そんなことはどうでもいいでしょう。あの襲撃は一体なんなのです？」

ヴィクトリアが詰め寄ると、子どもはきょとんと不思議そうな顔をした。

「別に、珍しいものでもないだろう。直接攻撃してくるということは、叔父上あたりの手の者なのではないか？　陛下の側室のどなたかであれば、大抵毒を使ってくるからな」

「……皇室、怖い」

ヴィクトリアは思いきり青ざめる。

子どもはまじまじとこちらを見ると、不思議そうに首を捻った。

彼の口から素直な言葉がこぼれる。

「おまえのような頼りない体の者でも、これほど動けるものなのか。『楽園』とは大したものなのだな。感心したぞ」

「いえいえいえ、殿下。わたしは『楽園』きっての落ちこぼれです。ほかのみなさまは、もっとずっとすごいですから」

皇太子殿下に、自分を基準にして『楽園』のレベルを判断されては、たまらない。

ヴィクトリアは、ぶんぶんと力一杯首を振る。

子どもは、意外そうにぱちくりと目を瞬かせた。

「そうなのか？」

「もちろんですとも。いずれあなたさまの剣や盾となるために、『楽園』の者は毎日必死で訓練しているのですよ」

『だから、リージェスさまたちを粗末に扱うんじゃねェぞオラ』という気持ちをこめて、にっこりと笑ってやる。

「……そうか。覚えておく」

素直にうなずいた子どもを見て、ヴィクトリアは思った。

一体、何に対してなのかはよくわからないが――勝った、と。

＊＊＊

あの後、大人しくなった迷子の皇太子殿下を自警団の詰所に届けた。そして寮に戻ったときには、すっかり日が落ちていた。

お役所仕事というのは、まったく手続きがめんどうで困る。お届け物が皇太子殿下なだけに、仕方のないことかもしれないけれど。

とはいえ、一体何枚の書類にサインをしたものか、ちょっと思い出せないくらいだ。

はーやれやれ、と思いながら帰寮届けを出し、そのまま食堂へ向かう。

カウンターで食事を載せたトレイを受け取り、ざっと食堂内を見回してみたが、ランディたちの姿はなかった。

空いている席に座ると、ヴィクトリアは彩り豊かなサラダをフォークでつつく。

ちらりと近くにいる少年たちのトレイを横目に、ヴィクトリアはひっそりとため息をついた。

他の少年たちの皿には、辞書のような厚さの肉がどーんと鎮座している。

（……毎回思うけど、ここの食事のボリュームって見てるだけで食欲なくなるんだよね）

育ち盛りの少年たちばかりの『楽園』である。

食事において何よりも量が優先されるのは、ある意味当然なのかもしれない。

けれど、あの分厚い肉の塊は、本当に人類が一回の食事で消費していいものなのだろうか。そんな疑問を覚えてしまう。

そのド迫力な肉を初めて目にした日以来、ヴィクトリアは食堂のおばちゃんたちに頼みこんで量を四分の一程度に減らしてもらっている。

それでも少なくはない量で、ときどき胸焼けを起こしそうになる。

けれど、せっかくの食事だ。ありがたくいただかなければ、バチが当たる。

ヴィクトリアが懸命に食事と格闘していると、目の前の席に誰かが腰を下ろした。知らない顔である。空いているから座っただけだろう。

ヴィクトリアは気にせず、そのまま食事を続けた。

「……おい。ヴィクトリア・コーザ」

「へ？」

名を呼ばれ、改めて相手の顔を見直してみる。しかし、やっぱりはじめましての方だ。

褐色の髪を短く刈りこんでいて、鳶色の瞳は眼光鋭い。

よく鍛えられたがっしりした体躯もあいまって、非常に男くさい感じである。

顔の造作もいかにも剛胆だ。今みたいに意志の強そうな太い眉を不機嫌そうに寄せていなければ、もう少し男前に見えるだろうに。なんだかもったいない。

制服の襟章からして、彼はどうやら三年生。

どうして自分の名前を知っているのだろう、とヴィクトリアは首を捻る。

「えぇと……どちらさまでしょうか？」

「オリヴィア・ジルベスタ・ラズロ・アンダーソン」

その瞬間、ぶはっと噴き出さなかった自分はえらい。

ヴィクトリアは心から己を褒め称えた。

派手系イケメンのシャノンにも驚いたが、この熊のように厳つい青年がよりにもよってオリヴィア。

最高に優美な女性名を持っているとは、田舎ではないことだ。

つくづく皇都はあなどれない。

内心の動揺を吐息ひとつでごまかしたヴィクトリアは、オリヴィア――来週からはじまる武術大会で初戦の相手を見返した。

「アンダーソンさま。わたしに、どういったご用件でしょうか？」

できるだけ丁寧に話しかけてみる。

だが、何が気に障ったものやら、じろりとにらみ返された。

「おまえのように貧相な平民の一年坊主が相手でも、俺は一切手加減するつもりはない。せっかくの大会で、なぜおまえなどと対戦せねばならんのかとは思うが、決まったものは仕方がないな」

非常に不本意だ、といった口調である。

どうやら彼は、栄(は)えある大会で弱々しいヴィクトリアを相手にしなければならないことが、大層ご不満なようだ。

確かに、マッチョな彼が実力を発揮する相手には、あまりに自分は力不足だろう。

そのうえ、ふたまわりほど体格差がある。

はっきり言って、傍目(はため)にはただの弱い者いじめに見えかねない。

ヴィクトリアはぺこりと頭を下げた。

「アンダーソンさまにはご迷惑をおかけしてしまい、申し訳ありません」

「……おぉ？」

こちらが謝罪すると思っていなかったのか、オリヴィアは意外そうな表情だ。

彼との対戦で、ヴィクトリアはできるだけ痛い思いをしたくない。

とりあえず、相手をヨイショしておくことにした。

「ご存じかもしれませんが、わたしは近接戦闘に関しては本当に情けない有様で。……アンダーソンさまのように強いお方が、うらやましいです」

「そ、そうか」

オリヴィアは相好(そうごう)を崩(くず)した。

ヴィクトリアは、テーブルの下でぐっと拳(こぶし)を握(にぎ)りしめる。

(――よっしゃ。こいつ、ピュア系脳筋だ)

世の中で一番、ヨイショしやすいタイプである。

ランディの話では、彼は平民出の生徒たちを目の敵にしている、国粋主義の家のお坊ちゃま。それはつまり、親の言うことをよく聞く素直なお子さまだということなのかもしれない。

もう一押ししても大丈夫だろうか、とヴィクトリアは営業スマイルを浮かべてみせた。

「ご迷惑かもしれませんが、ご健闘をお祈りいたします。最終日にはアンダーソンさまの素晴らしい試合を拝見できることを、楽しみにしておりますね」

「う……うむ。当然だ」

まだ微妙に抵抗がある感じはするけれど、この分だとあんまり恐ろしい思いはしなくて済みそうだ。できればスッパリと一撃で片をつけてくださいね、と心の中で祈りを捧げる。

ピュア系脳筋のマッチョは、しばし居心地が悪そうにしていたが、ふたたび眉根を寄せた。

ヴィクトリアはご機嫌を損ねてしまったのだろうか、と顔を引きつらせる。

オリヴィアは、苛立たしげに食事のトレイを指さした。

「こんな少ししか食事を取っていないから、おまえはそんな貧相なままなのだ。情けない」

オリヴィアは、意外にも気遣いのひとだった。

ヴィクトリアは困って眉を下げた。

「そうおっしゃいましても……」

一度に食べられる量は、人それぞれなのである。

無理をして詰めこんだところで、翌日は胸焼けで何も食べられなくなるだけだ。

オリヴィアはますます苛立ったような顔をした。

「大体、その鬱陶しい前髪と眼鏡が気に食わんのだ。そんなナリでは――」

――伸びてきた手を避ける間もなく、眼鏡を奪い取られて前髪を掻き上げられた。

ヴィクトリアの素顔を至近距離から見て、オリヴィアが固まる。

リージェスから「詐欺だ」と太鼓判を押されるヴィクトリアの顔は、大層な美少女面である。

母親譲りの白い肌は陶磁器のようななめらかさだし、大きなスミレ色の瞳はそこらの宝玉と比べても遜色なく美しい。

そして、整ったパーツが、小さな顔に絶妙なバランスで配置されている。

出会った人間の多くに「おとなしくしてさえいれば、実に可愛らしいのに。もったいない、あぁもったいない……だから黙ってろー！」と評価してもらえるほどだ。

……とはいえ、現在のヴィクトリアは周囲から少年として認識されている。

だから、そんなに真っ赤な顔をしてガン見してこなくてもいいだろう、とヴィクトリアは思う。

オリヴィアの大きな体躯に遮られ、周囲の様子はよく見えない。

けれど、どこからか「大丈夫か、あれ」「教官、呼んだ方がいいんじゃね？」などというひそひそ声が聞こえてくる。

これは端から見たら、怒りで我を忘れた上級生に、頭を掴まれて殴られかけている下級生の図だろう。

オリヴィアの手から慌てず騒がず眼鏡を取り戻したヴィクトリアは、それをすちゃっと装着すると静かに彼に言った。

「アンダーソンさま。痛いです」

まだ前髪を鷲掴みにされたままだ。

ハゲたらどうしてくれる、と怒りをこめて軽くにらみつけると「ふぉ!?」とおかしな声と共に手を離された。

「す、すまん!」

「いえ、問題ありません。——食事に戻らせていただきますね」

これ以上、余計な注目は浴びたくない。

食事を再開したヴィクトリアに、オリヴィアは幾度か何か言いかける。しかし結局、そのままぎくしゃくとした動きで去っていった。

(単細胞マッチョというのは、何をしでかすかわからないものなんだな……)

ヴィクトリアは、ため息をつきつつ食事を終え、部屋に戻る。

公園の一件で小さなけがをしていたのか、シャワーを浴びるとあちこちがしみてひりひりした。

特に、盛大に打ちつけた背中は、もしかしたら内出血しているかもしれない。

湿布の一枚でも貼っておきたいが、背中となると自分ではかなり難しい。

あきらめてシャワールームから出たところで、内線通信機が鳴った。

「はい、コーザです」

『ヴィッキー？　おまえ、食堂で絡まれたんだって？　大丈夫だったか？』

心配そうなランディだった。

随分情報の早いことだな、と感心する。

「ええ、大丈夫です。どなたからお聞きになったのですか？」

『二年に、同じ街の出身のヤツがいるんだ。最近おれと一緒にいるおまえのことを、ちょっと気にかけてたらしい』

そうなのか、とヴィクトリアは目を丸くした。

「その方に、どうぞよろしくお伝えください」

『おう。なんか、不思議がってたぞ？　おまえ、熊みたいな三年生を追い返したんだって？　どうやったんだ？』

やっぱり、オリヴィアの印象は熊で正しいようだ。ヴィクトリアは小さく笑う。

——熊のオリヴィア。

童話のタイトルにありそうだ。

「とにかく下手に出て、ヨイショしてみました。意外とピュアな方でしたよ」

ランディがぶはっと噴き出した。

『ピュアな熊か！　あー、おまえが熊を手のひらの上でころころ転がしてるところ、見てみたかったかも』

「あんなばかでかい熊を転がすだなんて、とんでもない。そういったことは、サーカスの調教師にでもお任せしますよ」

　他愛のない話をするうちに、ふとランディが問いを向けてきた。

『そういやおまえ、南の出身だったよな？』

「ええ。それが何か？」

『いや、珍しいなと思ってさ。二十年前に不可侵条約を締結するまで、ずっと北のセレスティアと小競り合いしてただろ？　昔は貴族だろうと平民だろうと、問答無用でレベルの高い魔力持ちを北に徴集してたらしい。そのせいか、平民の魔力持ちってのは大抵北の方の生まれなんだよ』

　ヴィクトリアはがっくりした。

「……道理で、故郷では『楽園』の話を聞いたことがないと思いました」

『あー……まあな。故郷が近いってだけで、なんとなく親近感がわいたりするもんだし。そういう意味でも、おまえは大変だよな』

　ランディの温かな同情が身にしみる。

『おまえのおふくろって、魔術師だったんだろう？　どんな魔導具作ってたんだ？』

「そうですね。台所仕事に役立つものがほとんどでした。水道の蛇口に取りつけてお湯にするものや、生ゴミの臭いを消すものなどですね」

『何それ、欲しい。おふくろが超喜びそうなんだけど』

　興味津々のランディに、ヴィクトリアはくすくすと笑った。

「この間、街で似たようなものを見かけましたよ」

『え、マジで？』

「はい。お値段はやっぱり皇都らしく、わたしにとってはお高めでしたけれどね」

ランディが少し黙った。

どうやら、ランディの感覚でも皇都価格は高いらしい。

『まぁ……うん。見るだけならタダだし。どこの店だ？』

「商店街の……あれ、どこでしたっけ。えぇと、行けばわかると思うんですが……。よければ、ご案内しましょうか？」

『え、いいのか？』

声をはずませたランディに、ヴィクトリアは笑って答えた。

『楽園』で初めての友人になってくれた彼には、心から感謝している。

「ええ。いつにしましょうか」

そう言ったら、『明日にでも』という答えが返ってきたのは、少し意外だった。

武術大会に向けてトレーニングをしなくてもいいのかと聞く。

すると、「今更焦ったところで仕方がない。それに、訓練室は貴族のお坊ちゃまたちでいっぱいで、どうせ大したことはできない」とのことだった。

ちなみに、以前彼に贈った仔猫型の魔導具だが、ノアと名前をつけて大層可愛がっている様子である。

彼なら、可愛いもので溢れた店をきっと気に入ってくれるだろう。

そういうわけで翌日、ヴィクトリアはランディとふたたび街へくり出した。

目的の店の前に到着したとき、爽やか系イケメンのランディが、「……くっ」と何かをこらえるように唇を噛んだのを見た。

喜んでいただけたようで、何よりである。

だがいざ店内へ入ろうとした途端、ランディは怖じ気づいたらしい。

「なんか……こういう店に男ふたりで入るって、微妙すぎね？」

「そうですか？　母の店には、奥さまや恋人への贈り物を選びに、男性のお客さまもよくいらしてましたが。――なんでしたら、わたしは外で待っていましょうか」

「いやすいませんついてきてくださいお願いします」

息継ぎなしでお願いされてしまった。

ランディもやはりお年頃の少年。こういった可愛らしいものの溢れた店に足を踏み入れるのには、ちょっぴり勇気がいるみたいだ。

実際、客のほとんどが女性だったけれど、男性客の姿もちらほらと見える。

彼らが手に取っているのはモノトーンや、シャープなデザインのものが多い。もしかしたら、自分のために購入しているのかもしれない。皇都にはお洒落さんな男性がいるのだな、と感心する。

ランディも、最初こそ戸惑っていたようだが、立派な可愛いものスキーの一員である。

すぐに店内に溢れる雑貨の魅力に屈し、生真面目な表情でそれらを堪能しはじめた。

「何か、気に入ったものはありましたか？」

「あー……うん」

もう周囲の目はまったく気にならなくなったらしい。

よきかなよきかな、思う存分可愛いものを堪能（たんのう）するがよい。

そんな気持ちになったヴィクトリアは、彼をそっとしておくことにした。

（そういえば、ミュリエルさまはお元気かな……）

可愛いもの好きなシャノンの妹と出会ったのは、この店の前だ。

いくらお友達宣言をされても、所詮（しょせん）こちらは庶民（しょみん）、あちらは侯爵家のお嬢さま。

ラング家の後見を受けている以上、いつかは会えるのだろうけれど、あれっきりになっている。

侯爵家のお嬢さまともなれば、貴族階級のお付き合いもさぞたくさんあるだろう。もしかしたら、こちらのことなどとうに忘れているかもしれない。

それでも、約束は約束である。

もうそろそろ新しい魔導石ができあがりそうだし、いずれ会えたときのために、仔猫（こねこ）型の魔導具は作っておこうと思う。

（……うん。ミュリエルさまの仔猫の瞳は、青銀色（せいぎんしょく）にしよう）

ランディに贈ったノアは金色の瞳にしたのだが、仔猫らしい青銀色の瞳も実に捨てがたかったのである。

＊＊＊

数日後、晴れ渡った青空の下で、年に一度の武術大会は無事開催(かいさい)された。

嵐がやってきて大会の会場がふっ飛んだりしてくれないかな、というヴィクトリアの願いは、残念ながら神さまに聞き入れていただけなかったようである。

そしていよいよ審判(しんぱん)役の教師に名前を呼ばれた。

ランディたちに「がんばれよー」と、まったく心のこもっていない声援で送り出される。

ヴィクトリアは、現れた対戦相手の異様に気合いの入りまくった様子に、思わず逃げ帰りたくなってしまった。

（なな、なんで⁉　なんでそんな、親の仇(かたき)でも見るような目で、こっちをにらんでいるのですかー⁉）

オリヴィアという名の熊(くま)――もとい三年生は、血走った目でヴィクトリアを見据(みす)えていた。

びしいっ！　と人差し指を突きつけて、彼は宣言する。

「俺は！　おまえの顔が！　心底、気に食わん！」

「はい！　すみません！　……って、いきなりひどくないですか⁉」

咄嗟(とっさ)に、プロテクターをつけた腕で頭を抱(かか)えて謝罪してしまった。でも、他人の外見をどうこう言うのは、いくらなんでもひどいと思う。

審判役の教師も若干微妙な顔になった。

オリヴィアは気にせず、くわっと目をむくと「やかましい！」とわめいた。

「ふ……ふふふふっふっふふ！　今日こそおまえをぶちのめして、俺は自分を取り戻すのだ！　覚悟するがいいー！」

高笑いするオリヴィアが怖くて、ヴィクトリアは半泣きで教師を見る。

教師は黙って首を振った。

――ああ、無情。

その十秒後、試合開始の宣言とともに最初の一撃がくり出される。どうにか腕のプロテクターで受け止めたものの、ヴィクトリアはそのまま見事に場外に吹き飛ばされた。

闘技場の周囲には、安全対策としてエアクッションを発生される魔導具が設置されている。

弾力ある空気に沈みこむような奇妙な感覚の中、ランディが蒼白になって観覧席から身を乗り出しているのが見えた。

ヴィクトリアは、心の底からこの闘技場を設営した技術者たちに感謝した。

(うん。この素敵なエアクッションがなかったら、間違いなく死んでたね、わたし……)

衝撃のあまり一瞬息が詰まったものの、どうにか生きている。

とはいえ、無事とは言いがたい気がする。

プロテクター越しとはいえ、彼の拳をまともに受けてしまった腕――特に左腕の感覚がおかしい。

今はただ熱くしびれたような感じだけれど、もしかしたら骨が折れてしまったかもしれない。

「ヴィッキー！　大丈夫か⁉」

すぐにランディがすっ飛んできて、立ち上がれないヴィクトリアの様子を見て顔をしかめる。

「……ちょっと、我慢しろよ」

「い……っ」

ぱちん、と小さな音を立ててプロテクターがはずされた途端、左腕に激痛が走った。

どくん、どくん、とそこに心臓があるかのように脈打つ。それと同時に、息が詰まるような痛みが押し寄せてきた。

脂汗がじわりとにじみ、切れ切れの呼吸をどうにか繋ぐ。

ランディはヴィクトリアの左腕に軽く触れ、眉を寄せた。

「折れてはねーけど、多分骨にひびが入ってると思う。……立てるか？」

「うー……」

痛いのは腕だけなのだから立てないわけはない。

なのに、迂闊に動くと苦痛に泣きわめいてしまいそうで、怖くてできない。

審判役の教師も近づいてきて、医療棟へ向かうよう促される。申し訳ないけれど、頼むからもう少しだけ待っていただきたい。

しかし、いつまでも自分がここにいては、次の試合がはじめられない。

恐らくこの大会では、これくらいのけがなど珍しくないのだろう。

あんまりもたもたしていては、周りの迷惑になってしまう。

（痛くない、痛くない、痛いけど痛くないー……っ）

ランディに支えてもらい、どうにか立ち上がって闘技場の外に出る。

唇を噛んで痛みをこらえるヴィクトリアに、ランディが顔をしかめてつぶやいた。

「ひっでーな……おまえみたいなちっこいやつに、ここまでするか？　何考えてんだ、あの三年」

（そんなこと、わたしが聞きたいです！　いくら顔が気に入らないからって、いたいけな一年生にこの仕打ちはあんまりだと思います！）

他人を見た目で差別するのは、本当にひととしていかがなものか、と心底思う。

ハゲればいいのに。

ヴィクトリアは心をこめて祈っておいた。

「とにかく、医療棟に行くぞ。おれの医療実技のポイントに貢献できると思って、がんばれ」

「う……がんばります……」

医療実技とは、戦闘中のあらゆる状況への対応を習得する対処実技のひとつだ。軽い口調で励ましてくれるランディに感謝しつつ、医療棟に向かう。

そこは、軽い負傷ならば、医療実技を兼ねて、生徒同士でどうにかしなさい、という方針だ。普段から、かなりオープンなものなのである。

痛みの山を越えてしまったのか、それとも感覚が麻痺してしまったのか。

わからないけれどどうにか体を動かし、医療棟にたどり着いた。

大会がはじまったばかりだからだろう、まだほかに使っている生徒はいない。

いつも医療棟にいる教師は、今日は緊急事態に備えて闘技場のそばに待機している。今の医療棟はまったくの無人だ。

ヴィクトリアが椅子に座ると、ランディが使用者名簿にさらさらと自分たちの名前を書いてくれる。その後、必要な物資を取り出してヴィクトリアのところに戻ってきた。

真っ先に痛み止めを呑まされ、ヴィクトリアは軽く首をかしげた。

「なんだか、慣れていませんか？」

「まぁ、春先にはそれこそ、課外授業のたびに世話になってたからな。……っておまえ、マジでほっそいなー。ちゃんとメシ食ってんのかよ？」

あきれたように言いつつも、ランディは手際よくヴィクトリアの左腕に処置をする。

右腕も軽く持ち上げて、打った箇所に湿布を貼ってくれた。

「もしかしたら、後で熱が出てくるかもしんねーな。そんときは、ちゃんと解熱剤呑めよ」

「はい。ありがとうございました」

ひと通り処置が終わった安心感からか、痛み止めが効いてきたからか。

痛みは感じるけれど、こらえられないものではなくなった。

ヴィクトリアが、脂汗まみれになった顔が気持ち悪いなと思っていると、それを察してくれたのだろう。ランディが濡らしたタオルを手渡してくれる。

受け取って見上げたら、ランディは小さく苦笑を浮かべていた。

「それにしても、顔が気に入らない！　は、ねーよな。やっぱマッチョってのは、軟弱な野郎を見るとイラつくもんなのかね？」

「もう二度と、関わり合いになりたくありませんね」

ぶつぶつとぼやきながら眼鏡をはずし、冷たいタオルで顔を拭く。

大分さっぱりした。

右腕しか使えないのはかなり不便だけれど、利き腕が無事なのは不幸中の幸いだろう。

ため息をつきながら眼鏡に手を伸ばしたヴィクトリアだったが、その前にぐっと肩を押さえられた。

「い……っ」

「わ、悪い！」

途端に走り抜けた痛みに悲鳴を上げると、ぱっとランディが手を離す。

いきなり何をするのか、と涙目でにらみつける。

しかし、こちらを凝視している彼の視線の強さに気圧された。

「な……なんですか？　ランディ」

「……ヴィッキー？」

「はい？」

何やら、彼の声が上ずっている。

ぱくぱくと何度か口を動かした後、ランディは片手で目を覆う。

そのまま、うつむいてしまった。

「ど、どうしたんですか⁉　気分が悪いのですか⁉」

ヴィクトリアは慌てた。ランディは少しの間の後、うつむいたまま片手を挙げた。

「……いや。そうじゃねえ。そうじゃねえんだが……ヴィッキー？　ひょっとしてあの三年生に、顔を見られたか？」

「え？　あ、はい。食堂で絡まれたときに、眼鏡を取られてしまいまして」

なるほどな、とランディがつぶやく。

それから深々とため息をついて顔を上げると、半目でこちらを見据えてきた。

「あー……うん。これは結構、キッツいかもな……。中身を知ってるおれでさえ、一瞬ぐらっとくるもんな」

「……なんだか微妙に失礼なことを言われているようなのは、気のせいなのでしょうか」

ぼやいたヴィクトリアにはかまわず、ランディは再度ため息をつく。

「まぁ……なんだ。とにかく今後も、そのツラは隠しとけ。あの三年生みたいな被害者が、これ以上増えたら気の毒だ」

「被害者はこちらの方ですよ⁉」

思わず力一杯ツッコんだヴィクトリアに、ランディは生温かい視線を向ける。

「おまえさぁ……自分のツラが、どんだけとんでもねー美少女ヅラなのか、自覚してるか？」

「もちろん自覚しておりますとも！　わたしの顔は、街一番の美女と誉れ高かった母譲りです！」

えっへんとヴィクトリアは胸を張る。

ランディの視線が、ますます生温かくなった。

「……そーか。よかったな？　けどなー、ヴィッキー。一般的な青少年はなー、結構迷いがちなイキモノだったりするのです。特に、ここみたいに右を見ても左を見てもむさ苦しいヤローばっかの空間に閉じこめられてる、可哀想な男の子は」

ヴィクトリアは、ひょいと首をかしげた。

「だから、寮長さまやシャノンさまのような見目麗しい方々に、崇拝者がうようよと発生するのですよね？」

ランディは、そうだなーとうなずいた。

「まぁ……アレは正直おれにも理解不能なんだが。あの辺は貴族階級のややこしさも入ってるから、放っておくとして。――おまえのツラは、はっきり言って迷える青少年には凶器レベル。うっかりときめいて、自分のアイデンティティー崩壊の危機を感じるには、充分なシロモノです。あの三年生は、おまえのツラを見てから今日まで、とってもとっても苦悩していたことと思われます」

ヴィクトリアは目を瞬かせた。

「あの方は、この顔が気に入らないそうですよ？」

「……そうだねー。自分が男色家になっちまったんじゃねーかと、ぐるんぐるんに苦悩する原因になるよーなツラだからな。そっちの道には断じて突入したくないひとにとっては、かなり恐ろしいものなんじゃないのかなー？」

男色家、とヴィクトリアはつぶやいた。

——残念ながら、ヴィクトリアはそちらの方面に対してはあまり萌えるタチではなかった。

特に、その対象が自分と熊であるような場合には。

（リージェスさまとシャノンさまなら、多少は萌え……いやいや、あれは観賞用だし）

「そういうわけで、やたらと周囲の気の毒な青少年を惑わせてはいけません。つまり、おまえはその物騒なツラを極力隠しておくべきなのです。理解していただけましたか、ヴィッキーくん？」

厳かにのたまうランディに、ヴィクトリアは素朴な疑問を向けた。

「ランディも、アイデンティティー崩壊の危機を感じるのですか？」

ランディは、ひくっと顔を引きつらせた。

「やめなさい。おれは将来故郷に帰った暁には、可愛い嫁さんをもらうのです。そして子どもは男と女をひとりずつという、素敵な野望があります。いくら女みたいなツラをしていても、男にきゅんきゅんときめくのは、心の底から遠慮したいところです」

声も口調も不自然極まりない。

どうやら、彼のアイデンティティーはかなり揺らいでいるらしい。

ヴィクトリアは、とっても申し訳なくなった。

自分の腕をここまで痛めつけてくれた熊のことは、どうでもいい。

しかし、こうして自分を気遣ってくれる大切な友人のストレスの原因になってしまうのは、非常に不本意である。

——ということで、きりっと右手を上げて言ってみた。

「大丈夫ですよ、ランディ。わたしは生物学上立派な女性です。もしこの顔に対してきゅんきゅんときめかれているのだとしても、あなたは男色家ではありません」

「……は？」

少しの間の後、ランディは小さく声をこぼした。

ヴィクトリアは、でも、と続ける。

「今後も平穏無事な学生生活を送るために、他言しないでいただけるとありがたいのですが……。そういうわけですので、あなたがアイデンティティー崩壊の危機を感じる必要はないのです。ご理解いただけましたか？」

ランディの目が、瞬きもせずにこちらを見つめてくる。

まさか瞳孔が開いたりしていないだろうな、とヴィクトリアが不安になりはじめた頃。彼はようやく、ぽつりとつぶやいた。

「……女？」

「はい。あ、一応申し上げておきますけれど、この『楽園』は女子の入学が禁じられているわけではありませんよ。わたしが規則違反をしているという事実はありませんので、ご安心ください」

「え……ちょ、え？　何？　だっておまえ……女？　は？　マジで？」

どうやら、ランディはかなり混乱しているようである。申し訳ない。

「ええ、まぁ。……証拠を見せろと言われても、少々困るのですが」

「いいいいい、いい！　問題ない！　むしろそのツラで男って方が、ヘンだから！」

途端にランディは、真っ赤になって仰け反りながら手を振った。

あちこちに視線をさまよわせた後、彼は恐る恐るといった様子で口を開いた。

「え、と……え？　なんで、女の子が、『楽園』に？」

「四年間、三食と宿代がタダなので」

即答したヴィクトリアに、ランディは半目になる。

それから、がっくりとうなだれた。

「……詐欺だ……」

やはり自分は、他人様から詐欺師呼ばわりされてしまう運命にあるらしい。

ともあれ、ランディにはまだ試合が残っている。

いつまでも医療棟でだべっているわけにはいかないので、会場に戻ることにする。

「試合、がんばってくださいね。応援してますから！」

医療棟を出る前に普段通りの姿で言う。

すると、束の間、無言になったランディに、ひょいと眼鏡を額に持ち上げられた。

「……可愛い女の子モードで、もっかいお願いします」

ヴィクトリアはそれが痛くも怖くもないものであれば、基本的に挑戦は受けて立つ派である。

左手を吊っているために、両手を組み合わせられないのが残念だ。

その分、にっこりととびきりの営業スマイルを浮かべ、普段よりも高めの売り子モードで声を作る。

「試合、がんばってねっ。わたし、一生懸命応援するから！」

語尾にハートマークもつけてみた。

ランディは片手で額を押さえてその場にしゃがむと、どんよりした声でぼそっとつぶやいた。

「……今おれの中で、女の子の笑顔に対する幻想が、見事に打ち砕かれました」

「それは多分、自業自得というのだと思いますよ？」

＊＊＊

そうして若干やさぐれ顔で試合会場に戻ったランディは、見事に二回戦の相手を瞬殺した。

平民仲間のクラスメートたちとともに、闘技場から戻ってきた彼を拍手で迎えて祝福すると、彼はそっと目を逸らしてため息をついた。

失礼な友人である。

この武術大会は、制限時間が設けられていない。相手が降参するか、リングアウトするか、審判がどちらかの勝利を宣言するまで続けられる。

そのため、試合期間が三日間の長丁場で設定されている。

とはいえ、ランディのように一瞬で相手を沈める者も少なくない。

優勝候補の筆頭であるリージェスもそのひとりのようだ。

医療棟に行っている間に彼の試合を見ていたクラスメートが、興奮を隠しきれない様子で教えてくれた。

「いや、マジですごかったぜ？　二回戦の相手なんて去年の大会でベストエイトの実力者だってのに、もう圧倒？　汗もかきません、みたいな涼しげーな顔で、一方的に終わらせてたぞ」

「そうだったのですか。わたしも見たかったです。――シャノンさまの試合は？　どうでした？」

いまだに、フェアリーな恋煩いでどんよりしていたら、どうしよう。

少し不安に思っていたのだが、どうやら彼もこの大会には全力投球すると決めたらしい。

やはり、あっさりと初戦、二回戦と突破したそうだ。

これなら決勝で、彼らの素敵な試合を拝見できるかもしれない。

ヴィクトリアがほっとしていると、クラスメートのひとりがおっと声を上げた。彼が会場の脇に設営されている貴賓席をこっそりと指さす。

「見ろよ、ヴィッキー。あのまん中に座ってるエラそーなじっちゃんが、ラング侯爵家の先代当主。シャノンさまのじーさんの……なんだっけ？」

「ヨシュアさまだよ。ヨシュア・ラングさま。子どもでも知ってる英雄さまの名前、忘れてんじゃねーよ」

ランディがツッコむ。

ヴィクトリアも以前シャノンから聞いていたその名をきれいさっぱり忘れていて、ひそかにうなだれた。

（……いいんだもん。皇都の常識は、田舎の非常識だもん）

ヴィクトリアはラング家に後見してもらっているが、いまだにシャノンとミュリエル以外のひとびとに挨拶したことはない。

シャノンが持ってきた必要な書類は、すべてラング家の家令が整えたものらしい。

大きな貴族の家ともなれば、平民の後見はささやかな事柄で、いちいち上のひとびとに報告しないものなのかもしれない。

それにしても、英雄とはまた随分ご立派な肩書きである。

ヴィクトリアはシャノンから彼の名前は聞いていたが、その栄誉までは聞いていなかった。

シャーロット皇女殿下がどうこうと、愉快な妄想をはじけさせるくらいには、彼はじじコンだ。

でも、愛くるしい妹に対するシスコン具合に比べれば、まだ軽度なものかもしれない。

とはいえ、このところ彼が通信機で話すのは、大抵「平民の女の子の意識調査」的なとってもスイートな話ばかりだ。

そのためシャーロット皇女殿下が云々というおかしな妄想は、すっかり忘れていた。実際にその筆頭騎士だった人物が同じ空間にいるなんて、不思議な感じがした。

まるでおとぎ話の登場人物が、いきなり目の前に現れたかのようで、無意味に笑い出したくなる。

(うーん……。南にいた頃は、お貴族さまとお近づきになるなんて、考えたこともなかったのになぁ。……とゆーか、貴族のお坊ちゃまたちが、こんなに愉快なひとたちばっかりとは、とっても想定外でびっくりです)

ヴィクトリアは、世間の広さに改めてしみじみする。

そのとき、なんだか貴賓席がざわついているような気がして、そちらを見た。

ヴィクトリアのいる席からは、遠くてよくわからない。けれど、何やら英雄さままでが、ひどく驚いた風に腰を浮かせている。

一体どうしたのだろう、とヴィクトリアは首を捻った。

それから慌ただしく彼らが動いた後、それまで英雄さまが陣取っていた貴賓席中央の特等席に、ちんまりと落ち着いた小さな姿を見つけて――ヴィクトリアは危うくニワトリになるところだった。

(こ……っこここっこ……っ、皇太子殿下ー!? アナタさまが見物にいらっしゃることを学生であるわたしたちはまるで知らされていませんよ! となると、やはり直前にワガママを言って突撃してきたのではないか、と推察されるのですが!! 周囲の方々に心労と迷惑、および彼らの毛根へ負担をかけまくる行動は、未来の皇帝陛下としてとっても浅はかではないかと思われるのですが、どうですかッ!?)

そんなヴィクトリアの心の悲鳴を、皇太子殿下は知る由もない。

相変わらず無駄にえらそうな態度で、貴賓席の中央で堂々とふんぞり返っている。

ヴィクトリアは、ちょっと、その後頭部をしばき倒してやりたくなった。

いくら、いずれはこの国を統べる立場の最上級におえらいお子さまといえどもだ。

これほどのとんでもないワガママを通すのであれば、少しはしおらしくしていろと思う。

一応はお忍びのつもりなのか、明るい金髪は大きめの帽子の下にきっちりしまいこまれているし、身につけているものもさほど煌びやかなものではない。

『楽園』の生徒たちは、貴賓席の異様な雰囲気に気づいて不思議そうにしている。

けれど、さすがにまだ幼い皇太子殿下の顔を、遠目に識別できる者はいないようだ。

というより、みんな貴賓席の様子よりも、今も熱く繰り広げられている試合が気になるらしい。

すぐに、そちらの方に意識を戻した。

子どものかたわらに直立不動で立っているのは、二十歳そこそこに見える青年だ。

長い金髪を低い位置でひとつにくくり、遠目にもわかるくらいに端然とした風情の人物である。

しかし、彼の周囲の空気がひどくどんよりと重いのは、きっとヴィクトリアの気のせいではないだろう。

彼は、ワガママ放題な皇太子付きになってしまったばかりに、余計な苦労をしているに違いない。気の毒に。

せめて不運な青年が若ハゲにならないことを、ヴィクトリアはひそかに祈る。

そのとき、ヴィクトリアはふとあることに気がついた。

(えっと……あの最高峰なオコサマお坊ちゃまが、こんなとんでもなく傍迷惑なワガママをしでかしたのって……。まさか、わたしがあのとき『楽園』のことを話したからじゃない……よね?)

もし万が一、数日前に公園で出会ったときのヴィクトリアの言葉が、彼の心にお茶目な好奇心を芽生えさせてしまったのだとしたら――

(……うん。あの子どもの行動に責任を取るべきなのは、親御さんである皇帝陛下と皇妃殿下です。

決して、赤の他人のわたしじゃありません。だから、わたしがあのとき彼に何を言ったかなんて、関係ないのです）

ヴィクトリアは、すかさず捻りだした屁理屈――ではなく、正論で心を武装した。

そのまま、貴賓席の様子が目に入らないところに引っこむ。

それは別に、皇太子殿下のワガママで心労を負っているだろうひとびとの姿を見ると、胸が痛んでしまうからではない。万が一にも、あのめんどう極まりない子どもがこちらに気がつかないようにするためだ。厄介な出来事に巻きこまれたくない。

ヴィクトリアは、いくら見た目が愛くるしくても、ワガママで礼儀を欠くおばかな子どもは嫌いなのだ。

＊　＊　＊

その晩、ヴィクトリアは四苦八苦しながら片手でシャワーを浴びた。さっぱりした姿で、先日ようやく自分の魔力で魔導石化した小石を前に悩む。

この魔導石ができあがったら、改めてミュリエルのための仔猫を作ろうと思っていたのだが――

（……片手でサラシ巻くとか、無理ですから！）

――サラシを解くだけなら、どうにかなった。

でも、片手できっちりと巻くことは、どう考えても不可能だ。

仕方なく、贈り物の作製は後回しにする。まずは、手軽に着脱できる胸部用のプロテクターを作ることにした。

さて、どんなデザインと機能で作ろうかと思案していると、内線通信機が着信音を鳴らした。

またシャノンのフェアリーな恋愛相談だろうか。

ヴィクトリアがうんざりしながら通話を繋げると、聞こえてきたのは低く静かな声だった。

『――ヴィクトリア。おまえの試合を見ていた。……大丈夫か？　不自由はしていないか？』

久しぶりに聞く柔らかなリージェスの口調に、ヴィクトリアはじーん、と感動した。

（あぁ……っ、イケメンボイスというのは、やっぱり実にイイものですね！　ありがとうございます、リージェスさま！）

萌えによる脳内麻薬の発生により、腕の痛みを一瞬忘れたヴィクトリアである。

「えぇと……はい。おかげさまで、どうにか大丈夫です。お気遣いありがとうございます」

危うくにへらと笑み崩れてしまいそうな自分をどうにか叱咤し、礼を述べる。

そうか、とリージェスは小さく息を吐いた。

『本当に、肝が冷えた。アンダーソンの平民嫌いは知っていたんだが――まさかおまえのような小さな相手に、あそこまでするとは思わなかった』

彼のひどく苦々しげな声に、ヴィクトリアはしょんぼりと肩を落とす。

「すみませんでした。次からは、気をつけます。――今日は残念ながら拝見できなかったのですけれど、明日からのリージェスさまの試合を楽しみにしていますね」

『……そうか』

その声がなんだか少し戸惑(とまど)っているように感じて、ヴィクトリアは首をかしげた。

「リージェスさま？　どうかなさいましたか？」

一拍置いて聞こえた「いや」という彼の声は、耳に心地よい穏やかなものだった。

どうやら気のせいだったらしい。

『ならば、恥(は)ずかしい試合はできないと思っただけだ。……決勝まで勝ち残らなければ、シャノンとは勝負できないしな』

「それはぜひ、勝ち残ってくださいね！」

ヴィクトリアにとって、彼らの試合は大会唯一(ゆいいつ)の楽しみなのである。

ここは何がなんでもがんばっていただかなければ、と通信機を握(にぎ)りしめる。

『……ヴィクトリア』

「はい。なんでしょうか？」

最終日の決勝に思いを馳(は)せ、ヴィクトリアはによによする。

そんな彼女に、リージェスは不思議なことを尋(たず)ねてきた。

『オレが、シャノンに勝っても……かまわないか？』

それは、勝つことが前提の傲慢(ごうまん)な物言いにも聞こえる。けれど、どこか迷うような彼の声はとてもそんな風ではなかった。

一体どうしたんだろうと戸惑う。

とはいえ、救いの妖精（ようせい）のように心優しいリージェスと、常日頃からフェアリーな妄想（もうそう）を炸裂（さくれつ）させがちなシャノンならば、リージェスを応援するに決まっている――

と思ったところで、ヴィクトリアは自分の脳がシャノンのことを言えないほど妄想タイプだと気づいた。

そのまま、がっくりとうなだれる。

（うん……。いくらリージェスさまがお優しくても、妖精さんじゃないからね、わたし）

ともあれ、リージェスがシャノンの友人だからといって、話せない内容もある。

さすがに「シャノンさまってば、恋煩（こいわずら）いで成績を落としちゃったんですよー！　ちょっと気合いを入れるために、きゅっと捻（ひね）って差し上げてください！」などと言うわけにはいかない。

それはさすがに、信義にもとる。

ここはひたすら、精一杯リージェスを応援することにしましょう。ということで、ヴィクトリアはきりっと宣誓した。

「もちろんです！　わたしは全力で、リージェスさまを応援させていただきます！　シャノンさまなんて、きゅっと捻って差し上げてください！」

――後半、ちょっぴり本音が出てしまった。

自分のうっかり発言に、リージェスが気を悪くしなかっただろうかとびくびくする。彼はシャノンと親しい友人なのだ。

しかし、通信機の向こうから小さく笑う声が聞こえてきて、ヴィクトリアはほっとした。

『わかった。……鋭意、努力する』

その宣言通り、翌日からの試合で、リージェスは見事なまでに対戦相手を圧倒し続けた。

ヴィクトリアには、体術の練度はよくわからない。

けれど、彼の戦う姿は本当に一切の無駄がなく、ひたすら美しいと感じた。

あれほどの強さを身につけるのには、一体どれだけの努力が必要だったのだろうと驚嘆する。

――ただ、一度、彼の動きが少し変わった。

五回戦で、彼がヴィクトリアの腕を痛めた熊のオリヴィアと対戦したときのことである。

それまでリージェスは、ほとんど瞬殺で相手の動きを止めていた。

しかし、今回は違った。

最初の一撃で相手の巨体を宙に浮かせると、地面に落ちる前に数えきれないほどの打撃を繰り出す。

とどめに、見事なまでにキレのいい回し蹴りで、オリヴィアを闘技場の外にふっ飛ばしたのだ。

ランディいわく、ヴィクトリアがオリヴィアにリングアウトさせられたときにも、周囲から「そこまでするか？」と、どん引きムードが漂っていたらしい。

だが、リージェスとオリヴィアの試合はそのとき以上に見ていた全員がどん引いていたと思う。

何しろ、滅多なことでは眉ひとつ動かさない審判役の教師が青ざめた顔を盛大に引きつらせて走っていた。

さらに常に冷静沈着な救護教諭は、完全に意識を失ったオリヴィアを看て蒼白になっていた。

それでも、攻撃が禁止されている首から上と股間に、リージェスは一撃も入れていない。

なんのペナルティを受けることなく、そのまま最終日の決勝へと駒(こま)を進めた。

オリヴィアとの試合の後、彼が級友にちらりとこぼしたらしい。

それは、「弱い者いじめは好かん」という言葉だったようだが、それを伝え聞いた者たち全員が「それをアナタが言いますか⁉」と心の中でツッコんだに違いない。

ヴィクトリアは、リージェスが自分の腕の仇討(かたきう)ちをしてくれたことに、胸の奥がくすぐったくなるような心地を覚えたのだが——

(えっと……リージェスさま？　お気持ちはとっても嬉しいし、ありがたいです。けれど、できれば気持ちよく指さして笑える程度にしておいていただけると、嬉しかったかなーと思うのは、やっぱり贅沢(ぜいたく)なのでしょうか……)

——それ以上に、一瞬でボロ雑巾(ぞうきん)のようになったオリヴィアを見てしまうと、爽快感(そうかい)よりも本能的な恐怖が勝った。ヴィクトリアは、基本的に痛いのも怖いのも嫌いな小心者だ。

だから、あまりにも一方的でえげつないフルボッコというのは、やっぱり見ていると怖くなってしまうのである。


決勝戦は前年同様、リージェスとシャノンの対戦となった。

最終日の朝、『楽園』中が注目する闘技場に上がった彼らは、ヴィクトリアが腕の痛みも忘れて萌(も)え転がりたくなるほど凜々(りり)しく美しかった。

これはもう、彼らの崇拝者たちの気持ちが心からわかるレベルである。

（……うん！　おふたりの試合を見られただけでも、『楽園』に入った価値はじゅーぶんすぎるほどありました！　衛兵のおっちゃんたち、ありがとう！）

試合開始前から、ヴィクトリアはテンションマックスに萌え上がった。

会場の最後尾から望む彼らの姿は、ひどく遠く、小さい。

しかし、ゆるやかなすり鉢状に観覧席が設営されていることがせめてもの救いだ。

でなければ、小柄なヴィクトリアは観客の生徒たちの背中しか見ることができなかっただろう。

改めて、会場を造った技術者のみなさまに心からの感謝を捧げる。

リージェスもシャノンも、三日間の連戦で疲労が溜まっているはずだ。

なのに、彼らの悠然とした立ち姿からは、その片鱗も感じられない。

シャノンも、リージェスがオリヴィアをフルボッコにした試合を見ていただろう。しかし、まったく怖じ気づいている様子はない。

ヴィクトリアは、ひそかにシャノンを尊敬した。

英雄と称えられる人物の孫なだけあるのかもしれない。

そうして、周囲の興奮が最高潮に高まる中、試合開始の旗は振り下ろされた――

『ああああぁああっ！　むかつくむかつく、むーかーつーくうううううっっ!!』

「……シャノンさま。叫びたいのでしたら、どうか誰もいない海に向かってなさってください。耳が痛いです」

　今回の武術大会で見事四連覇を達成したリージェスは、『楽園』からその栄誉を称えられた。

　リージェスと、ギリギリまで勝負の行方がわからないほど素晴らしい試合をしたシャノン。

　彼も、充分に周囲から賞賛の嵐を向けられていたはずなのだが――

　その夜、シャノンは連絡を寄越したかと思えば、初っぱなからアホのような大声でわめいてくださった。

　ヴィクトリアは、彼の評価を大幅に下方修正した。

『海の話はするな！　思い出してますます腹立たしさがこみ上げてくんだろうが、こん畜生ーっっ!!』

　シャノンは、まるで駄々っ子のようにわめき続けている。

　ヴィクトリアはこのとき、ラング家の後見を受けたのは本当に早計だったかもしれないな、と思った。

（いや……まぁ、ね？　感謝はしているのですよ、感謝は。いろいろと親切に教えてくださいましたし、援助を約束してくださいました。おまけに、ミュリエルさまは可愛いし。けど、こうやってシャノンさまの意味不明な絶叫を聞くのは、うっとうしいのでいやなのです。もし、こんなことになるとわかっていたら、わたしは後見のお話を丁重にお断りしていたと思います）

そう思うが、キレている人間には何を話しても無駄である。

ヴィクトリアはとりあえず、相手に言いたいことをすべて吐かせてやることにした。

「シャノンさま？　一体何をそんなにご立腹なのですか？」

『阿呆か！　リージェスに負けたからに決まってんだろうがー！』

「どこのガキですか」というツッコみは、ぐっと呑みこむ。

ヴィクトリアはできるだけ穏やかな声で先を促した。

「おふたりとも、本当に素晴らしい試合でしたよ？」

あれは確かに、手に汗握る名勝負だった。

……なのにその素晴らしい試合を作り上げていた片割れが、敗北後にこれほどガキくさく後輩にわめき散らすとは。

本当に残念で仕方がない。

『勝負は、勝たなきゃ意味がねえんだよ！　あぁぁあああっ！　リージェスの野郎、あんの勝ち誇った顔は一生忘れねー！　なぁにが、「そんなことでは、到底彼女のことは教えられんな」だ！　ばかにしくさってええええええー!!』

「……一体、何をなさっていたんですか？　あなた方」

なんだか、雲行きがあやしくなってきた。そう思いながらヴィクトリアが問いかけると、間髪容れずに答えが返ってきた。

『あいつに勝ったら、彼女の素性を教えてくれるって話だったんだよ！　目の前にエサをぶら下げて踊らせておきながら、最後の最後で嘲笑って叩きのめすなんざ、あいつの血の色は、絶対緑に決まってるー！』

なんということでしょうか、とヴィクトリアはあきれた。

「それは……あれですか？　シャノンさまの想い人に関する情報を、リージェスさまが意地悪をして教えてくださらない。だから、今回の試合で賭けをした。――そういうことでございますか？」

『ああ！　ひどくねーか!?　別に、あいつの恋人でもなんでもないんだぞ!?　せめて、フルネームくらい教えてくれてもいいいと思わねえか!?』

（……おふたりとも。わたしの感動を返してください）

『楽園』中の生徒たちが栄誉をかけて臨んだ大会の、決勝戦。そこで見る者に多くの感動を与えた彼らが、その裏でこんな阿呆らしい賭けをしていただなんて――

ヴィクトリアは過去数十秒の記憶を消去したくなった。

だが残念ながら、現在ヴィクトリアはラング家から後見してもらっている身である。

シャノンがご機嫌麗しくないときに、「勝手にやっててくださいませ」と放置するのは、なんとなく気が引ける。

「それは、お気の毒なことですが。まぁ……なんです。シャノンさまの想い人が、リージェスさまとお親しい間柄なのでしたら、いずれお会いする機会もあるのではありませんか？」

ヴィクトリアがフォローをはじめると、通信機の向こうのシャノンが黙った。

「ただ、そのような賭けごととは別に考えてみてください。もしあの試合で、リージェスさまが手加減をして勝ちを譲ってくださったとして――シャノンさまは、嬉しいのですか？」

『……嬉しいわけがあるか』

ぼそっとつぶやかれた声には、いつもの調子がにじんでいる。

大分理性が戻ってきたようだった。

ヴィクトリアはほっとしながら続ける。

「その方は、リージェスさまの恋人ではないとのことですし。いつかお会いできたときに、改めて紹介していただけばいいのではありませんか」

そこまで言うと、シャノンは苛立たしげに息を吐いた。

『オレは……早く、会いたいんだよ。あの子の中で、オレの印象は多分最悪だから。脅かして、泣かせて――なのに、謝ってもいねえんだ』

思いのほか、深刻な状況らしい。シャノンの声がひどく苦い。

『ま、自業自得なんだけどな。――あぁ、そういやおまえ、腕は大丈夫か？　結構派手にやられてたよな？』

「大丈夫です。利き腕ではありませんし、問題ありません」

シャノンは苦笑したようだった。

『もし、トーナメントでアンダーソンと当たったら、オレがきっちり仇を取ってやるつもりだったんだけどな。……まあ、リージェスにこっぴどくやられてたし、それでよしとしとけ』

「はい。ありがとうございます」

シャノンは自分の仇討ちをしようとしてくれていたのか。

ヴィクトリアは驚き、心から反省した。

彼はしょっちゅう、脳内で愉快な妄想を炸裂させている、フェアリーな恋する青少年だ。けれど、決してそれが彼のすべてというわけではないのだろう。

……多分きっと。

感謝といつも心の中でシャノンをからかっていたことへの謝罪をこめて、ヴィクトリアはこっそり胸のうちで手を合わせた。

そこで、シャノンはふと、思い出したように声のトーンを上げた。

『そういや、こんな話のために連絡したんじゃなかったんだ。――おまえ、次の休みに予定入ってるか？』

「いえ、何もありませんが。ご用でしょうか？」

随分長い前フリだったなー、と思いつつ答える。シャノンはそうか、と笑った。

『うちのじーさんが、今回見に来てたのは知ってんだろ？　で、あのひとがおまえを――うちの新しい被後見人を見てみたいって言い出してな』

「なるほど。ご挨拶にうかがわなければならないのですか」

『そういうこと。この間、おまえがミュリエルにやった小鳥の魔導具があっただろ。あれを見てから、すっかりその気になっちまったらしい』

もしやあの英雄さまも、孫娘と同じ可愛いもの好きなのだろうか。

なんにせよ、こちらの立場としては従うしかないのだが――

「……あの、シャノンさま。ひとつお願いしたいことがあるのですが、聞いていただけますか？」

『ん？　なんだ？』

これはちょっと反則だろうかと思ったけれど、背に腹はかえられない。

「以前、ミュリエルさまにお会いした際に、お約束をしたのです。次にお会いするときには、仔猫型の魔導具をお贈りすると――けれど、残念ながら魔導石がまだ用意できていないのです」

『……それを、オレに寄越せってか？』

シャノンの声が低くなった。

たとえフェアリーな恋愛ボケをしていても、シスコンなところは変わらないらしい。

ミュリエルがヴィクトリアと仲良くするのが、悔しいのだろう。

ヴィクトリアは、ゆっくりと穏やかな声で告げた。

「融通していただけると助かります。まあ、いただけなくても、少しばかりミュリエルさまをがっかりさせてしまうだけのことです。無理にとは申しません」

（可愛い可愛い妹さまの喜ぶ顔を見られるかどうかは、兄のアナタにかかっているのですよー。さ

あ、どうなさいますかー）

『……わかった。用意しておく』

ヴィクトリアの遠回しな脅しに、しばしの葛藤（かっとう）の後、シャノンは屈（くっ）した。

さすがは重度のシスコン。ちょろい。

しかし、実におどろおどろしい、地の底から響くような声である。

ヴィクトリアはちょっぴり怖くなった。

嫉妬（しっと）のあまり、何かされてはたまらない。

「……ご心配なさらなくても、わたしは自分の立場を充分、弁（わきま）えておりますよ？」

恐る恐る言うと、シャノンはちっと舌打ちした。

『……あいつがあんな嬉しそうな顔をしてるの、初めて見たんだよ』

「はぁ。それは、兄君としてはかなり情けないですね」

ずっと一緒に育った兄妹（きょうだい）のくせに、一体今まで何をしていたのだろうか、このアニキは。

うっかり本音を漏（も）らすと、シャノンが一層不機嫌そうな声になった。

『やかましい。……ミュリエルは、今でこそ外を出歩けるようになったが、昔から体が弱くてな。いつも周りに気を遣（つか）ってばかりで、唯一（ゆいいつ）の楽しみは友達と文通をすることなんだ。そんなあいつが、おまえからもらった小鳥を見ては、そりゃあ嬉しそうな顔をするんだぞ。オレがおまえに多少嫉妬しても、仕方のないことだとは思わんか？』

ミュリエルはただの美少女ではなく、病弱な薄幸（はっこう）の美少女だった。

「……失礼いたしました。今回お贈りする魔導具の素体となる魔導石は、シャノンさまからいただいたと、ミュリエルさまにきっちりお伝えいたしますね」

『いや……まぁ……それは別に、いいんだが。うん。オレは、ミュリエルが喜んでくれれば』

もごもご言っているけれど、シャノンの微妙に嬉しそうな声が、彼の本音を如実に表していた。


そんなわけで、ヴィクトリアは次の週末にラング家へ出向くことになった。

翌日の教室で、貴族のお屋敷に平民がご挨拶にいくというのがどんなものなのかを、経験者たちに聞いてみる。

「ランディたちは、後見されている貴族のお屋敷にご挨拶にうかがったことはあるのですか？」

若干の好奇心を含めて尋ねる。平民出身のクラスメートたちは一瞬顔を見合わせて、苦笑を浮かべた。

「まぁ……『楽園』入学が決まってから、一度行ったな。けど、あんまり楽しいモンじゃなかったぞ？」

ランディの言葉に、周囲もうんうんとうなずく。

「オレらを後見する貴族は、基本的に子どものデキがあんまりよくねーから、仕方なく、って連中ばっかだからなぁ」

「あ、オレは来なくていいって言われたから、行かなかったなぁ」

「何ソレ、ずりぃ！」

あまり有用な情報を得られずに、ヴィクトリアはがっかりした。

とはいえ、お屋敷訪問をしたことのある彼らの話を総合すれば、とにかく制服でうかがえば問題ないらしい。

魔力持ちの平民と貴族たちとの後見契約は、ほとんどが代理人を介して行われるのだという。

お互いの顔を知らないことも、そんなに珍しい話ではないようだ。

書類上の関係さえあれば、後見した相手の功績は自分たちのものとなるから、問題ない——そういった貴族は、決して少なくはないのだと。

「昔っから続いてる武門の貴族だと、実力重視だから、後見した相手とも結構話をするらしいけどな。そのかわり、親から『役立たず』認定された子どもの嫉妬(しっと)が、スゲー怖いって噂(うわさ)」

「ちょ、やめてくんね？　オレんとこ、かなり古い武門の家柄だって聞いてんだけど！　マジでシャレになんねーから！」

やはり、平民が貴族の後見を受けるというのは、いろいろと大変なことがあるらしい。

そうなると、シャノンとリージェスの対応は、つくづく一般的ではないように思い、ヴィクトリアは首をかしげる。

彼ら自身が優秀なため、きっとそういった卑屈(ひくつ)な感性とは無縁なのだろう。

人生において、心の余裕(よゆう)というのは実に大切なことなのだな。そう改めて感じ入ったヴィクトリアは、リージェスに相談してみることにした。

彼はラング家によく出入りしているようだ。訪問時に気をつけた方がいいことがあったら、ご教授してくれるに違いない、と思ったのだが——

『——ラング家へ挨拶に行く？　おまえが、シャノンとふたりで？』

（……あれぇ？　なんで、お声がブリザードのようなのですか、リージェスさま？）

ヴィクトリアは初めてこちらから内線をかけることに、少々どきどきしながら通信機を使った。

通話が繋がった直後は穏やかな様子だったのに、用件を伝えると、彼の声が冷えきった。

あまりの変化に、ヴィクトリアはどん引きした。

びくびくしながら経緯を伝えると、今度はちっと忌々しげな舌打ちが返ってきた。

『御大の気まぐれか……まったく、めんどうな』

「はぁ……。それはそうなのですが、後見していただいている身としては、やはりご挨拶をしないわけにもいきませんし。つきましては、ラング家を訪問する際の注意事項があれば、教えていただきたいなーと思った次第なのです」

シャノンの話から察するに、あまり堅苦しい家風ではなさそうだ。

とはいえ、侯爵家は侯爵家。

いくら普段は心の中で、フェアリーなシャノンの様子を生温かく眺めていても、それはそれ。平民出のヴィクトリアにとって、彼らはあくまでも雲の上の方々なのである。

無礼を咎められて放校になっては困る。そのせいで侯爵家ににらまれ、皇都で職を見つけることもできなくなりました、などということになれば、本格的に行き倒れるかもしれない。

もしそうなったときには、リージェスに別荘のトイレ掃除要員として雇ってもらえないだろうか。

そう思っていると、何やら黙りこんでいた彼がようやく口を開いた。

『……わかった。オレも行く』

「はい？」

『ラング家はさほど礼儀作法に厳しい家ではない。……だが、何か困ることがあるかもしれないだろう。オレがフォローしてやる。久しぶりに御大にご挨拶したかったし、ちょうどいい』

そのとき、ヴィクトリアは思った。

リージェスはやっぱり、救いの妖精なのかもしれない――と。

「あ……っ、ありがとう、ございます！」

なんと心強い増援だろうか。

ヴィクトリアが感涙していると、リージェスが通信機の向こうで何事かを低くつぶやいた。

『ようやくうるさいのを黙らせたと思ったら、すぐにこれか……忌々しい』

「はい？　何か、おっしゃいましたか？」

よく聞こえなくて問い返すと、いや、とリージェスは言った。

『なんでもない。ラング家には、シャノンの馬車で行くのか？』

「はい。多分、そうだと思います」

はっきり言われたわけではないけれど、話の流れ的には馬車を出してくれると思う。

『わかった。……ヴィクトリア。その……なんだ。シャノンの前で、夏の休暇の話は極力しないように』

「わ、わかりました。気をつけます！」

あの夏の別荘での日々はとても楽しいものだった。

しかし、シャノンと接近した数日間の思い出だけは、ヴィクトリアはなかったことにしたい黒歴史なのである。

＊＊＊

侯爵家訪問への心構えがなかなかできなかったヴィクトリアだが、結局、今から慌てても仕方がないと開き直ることにした。

どうせ、いずれ必ず、突破しなければならない関門なのだ。

いやなことがあったとしても、その最中だけである。

わざわざ考えて、事前に思い悩む必要はない。ヴィクトリアはうじうじと鬱陶しく無駄な時間を長く過ごしたがる自虐的な性格はしていない。

（……うん。ここは、後見してくださっているのが、リージェスさまのメイア家じゃなかっただけよかったと思おう！）

いくら契約だとしても、幼い頃のリージェスに虐待まがいの躾をしていた彼の父親に、営業スマイルを浮かべられる自信は、さすがになかった。

ともかく、侯爵家への訪問に関しては「先のことはそのときになってから考える」作戦で乗り切ろうと決める。

ヴィクトリアは、武術大会の浮ついた空気が残る中、学生の本分である勉学に、真面目に勤しむことにした。

『楽園』の教育カリキュラムでかなり重要視されている戦闘実技に関して、救いようがないほどダメダメなヴィクトリアだ。

座学でどれだけポイントを伸ばせるかは、まさに死活問題なのである。

つくづく、今使えないのが利き腕でなくて、よかったなーと思う。

その日の放課後も、山のような課題を明るいうちに済ませるべく図書館に向かう。

途中でグラウンドを見ると、闘技場はすでに跡形もなく撤去されていた。

『楽園』の施設管理を請け負う業者は、実に仕事が速いらしい。

ヴィクトリアの命を拾ってくれたエアクッションの出来といい、かなり高度な術式を構築できる技術者がいるのだろう。

そんなことを考えながら、のんびり歩いていたとき——

「おーい！　ヴィッキー！」

呼ばれて振り返れば、クラスメートがこちらに駆けてくるところだった。

何か用だろうかと足を止めて彼を待つ。すると、彼はやけに楽しげにヴィクトリアの顔をのぞきこんできた。

「おまえもすみに置けないなー。可愛いお客さまがおいでだぜ？」

「……はい？」

なんのこっちゃ、とヴィクトリアは首をかしげる。クラスメートは、にやにやといたずらっぽい笑みを浮かべて言った。

「だーかーらー。めちゃくちゃ可愛い女の子が、おまえに面会に来てるんだって！」

「女の子、ですか？」

――皇都で心当たりがあるのは、シャノンの可愛い可愛い妹君であるミュリエルだけだ。

（えぇと……？）

ヴィクトリアは困惑した。

ミュリエルが自分に会いに来る理由など、まるで思いつかない。

それに、数日後にラング家への訪問を控えている今、彼女がわざわざ自分を訪ねる必要があるとも思えない。

人違いだろうかと思いながら、ヴィクトリアは恐る恐る口を開いた。

「あの……それはもしかして、金髪の七、八歳くらいの……？」

クラスメートは、口をとがらせてうなずいた。

「なんだ、喜ばねぇの？　つまんねーの。そうだよ、そんな感じのお人形さんみたいな可愛い子。なんか随分、いいとこの子みたいだけど、お忍びっぽいカッコしてるぞ。そういやなんか、おまえに街で世話になったって言ってたぜ？　あ、ちなみに第一面会室な」

ヴィクトリアは、青ざめた。

（ミュリエルさまあぁあぁー⁉　え、なんでどうして⁉　ただでさえ魔導石をお願いしたせいで、シャノンさまのご機嫌がちょっぴりナナメなのに！　こんなことがバレたら、わたしの命は風前の灯なのでございますヨー⁉）

一瞬、何も聞かなかったことにしてその場から逃亡したくなる。しかし、まさか侯爵家のお嬢さまにそんな無礼ができるはずもない。

「ヴィ、ヴィッキー？　どうした？」

ふらりとよろめいたヴィクトリアに、クラスメートが慌てる。

ヴィクトリアはそっと壁に寄りかかって頼んだ。

「……すみません。もしあなたに情けがあるのでしたら、寮長さまを第一面会室までお連れしてくださいませんか……？　わたしが生きているうちに……」

シスコンモードのシャノンに対抗できるとしたら、きっとリージェスだけだ。

このクラスメートは、ミュリエルが名乗る前に自分を呼びに来てくれたようだ。しかし、彼女が誰かに名乗れば、間違いなくシャノンも飛んでくるだろう。

そうなったら、病弱な彼女がむさ苦しい男の園を訪れる原因になった自分は、二度と朝日を拝めないかもしれない。

遺言のようなヴィクトリアの言葉に、クラスメートも何か感じるものがあったのだろう。

若干青ざめた顔でうなずくと、彼は「生きてろよ！」と力強く激励する。そして、四年生の教室のある棟に急いで駆けていってくれた。

友情のありがたみがしみじみと身にしみる。

ともあれ、あまりミュリエルを待たせるわけにはいかない。ヴィクトリアはひどく重い足を、第一面会室に向けて踏み出した。

基本的に『楽園』は部外者の立ち入りを禁止している。

だが、本棟の一階に三つある面会室までであれば、生徒の家族や客人が足を踏み入れることができる。

そこまでの道のりを、ヴィクトリアは断頭台に進むような気持ちで一歩一歩進んだ。

客人が幼いとはいえ、女性だからだろう、開け放たれたままの第一面会室の前で足を止め、軽くその扉を叩いた。

「お待たせいたしました。ヴィクトリア・コーザで――っ」

扉の中をのぞきこんで挨拶(あいさつ)しようとしたとき、悲鳴(ひめい)を上げなかった自分はえらい。

ヴィクトリアは心の底から自分を褒(ほ)め称(たた)えた。

(な……なな……っ)

「――こんにちは。ヴィクトリアさん。先日は、大変お世話になりました」

にこりと笑ってそんなことを言うのは、確かに金髪の幼い美少女であった。

髪をまとめている可愛らしいリボンといい、少し型が古めかしい気はするものの上品なデザインのクリーム色のワンピースといい、実に可愛らしい姿だ。

……ヴィクトリアは、ちょっぴりその場で気絶したくなった。

（そんなお姿でこんなところに来て、一体、何をしていらっしゃるんですか、皇太子殿下ーっっ!!）

青ざめて硬直したヴィクトリアに、その「美少女」をもてなしていたらしい学生が、訝しげな視線を向けてくる。

だが、彼とて目の前の子がこの国の皇位継承権第一位の皇太子殿下であると知れば、そんな顔をしてはいられないだろう。

待ち人がやって来たのならお役ごめん、とばかりに、学生は軽く礼をして出ていく。

彼の足にタックルをして引き止めたい衝動を、ヴィクトリアはどうにかこらえた。

学生が立ち去ったのを確かめてからぎくしゃくと視線を向けると、金髪美少女の姿をした子どもは、ふふんと得意気にふんぞり返った。

「どうだ。驚いたか？」

ヴィクトリアはうなずいた。

「はい……まさかあなたさまに、そのようなご趣味があろうとは……」

く……っ、とうつむいて唇を噛む。子どもは、声をひっくり返した。

「だ……っ、誰が趣味だと……っ！　これは、この格好が一番自由に出歩きやすいと学んで、しているだけだ！」

その答えに、ヴィクトリアは、神妙な顔でそうなのですかと言った。

（えーえー、そんなこったろうと思いましたよ。これはお約束ってヤツですよーだ）

ひとつ深呼吸をして、ヴィクトリアはどうにか気を取り直す。

「……今日はまた、どうしてここにいらしたのですか？」

見れば、どうやらひとりでここまでやって来たようだ。

しかし、彼はつい先日、武術大会を見学しに来たのである。

いずれ臣下となる学生たちの様子を見たいのならば、充分に目的は達せられたはずではないのか。

そう言うと、子どもはきょとんと目を丸くした。

「先ほど、おまえを迎えにやった者に言ったはずなのだが。——公園で会ったとき、おまえには世話になったからな。あのときは、助かった。礼を言う」

ヴィクトリアはしばし固まった。

この場には誰もいないが、面会室の扉は開いたままだ。

さすがに「殿下」と呼ぶのはまずいだろうか。

悩んでいると、彼がリボンで飾られた金髪を小さく揺らした。

「あの……で、えぇと——」

「この姿のときは、ベルでいい」

ベルナルドだから、ベル。

この国の皇太子殿下は、意外と捻りがなかった。

とはいえ、いきなり「フランソワーズと呼んでちょうだい」などと、腹筋の限界を試されそうな偽名を言われるよりはましだ。

うなずいたヴィクトリアは、改めてまじまじとベルナルドを見返した。

「では、ベルさま。……本日は、わたしに礼をおっしゃるためだけにいらしたのですか？」

ベルナルドは、あっさりとうなずいた。

「ああ、そうだ。この間の武術大会のときに会えれば、と思っていたんだが——その腕はどうした。試合相手にやられたのか？」

ベルナルドに剣呑な目でにらまれて、ヴィクトリアは少し慌てた。

「はい。お恥ずかしい話ですが、初戦で敗退してしまいました」

「……そいつの名は？」

（あ。これは言ったらダメなパターンだ）

あの後もこうしてひとり歩きをしているあたり、この子はやっぱり自分の立場をよく理解していないおばかさんなのだろう。

しかし、こうしてわざわざヴィクトリアに礼を言いに来るとは、彼はただおばかなだけの子どもではないのだと思う。

そして、子どもというのは、一度でも親切にしてもらった相手に無条件に懐いてしまうところがある。ましてヴィクトリアは彼にとって、一応「命の恩人」のくくりに入っているはずだ。

そのヴィクトリアに傷をつけた相手に、ベルナルドが敵意を抱いてしまっても、不思議はない。

（むー……。困った）

正直なところ、自分にこんなけがをさせてくれた三年生が今後どんな愉快な人生を歩もうと、知ったことではない。

だがやはり、何事にも限度はある。

なんといっても、この子は間違いなく皇国で怒らせてはいけないお子さま、ナンバーワン。たとえ、今は愛くるしい少女の姿をしていても、その中身はちょっぴりおばかな猛犬と言っても過言ではないのだ。

近い将来に起きるかもしれない恐ろしいあれこれが、一瞬でヴィクトリアの脳裏を駆け巡る。

ヴィクトリアは、とりあえず笑ってごまかすことにした。

「お気遣いありがとうございます、ベルさま。ですが、これはわたしの不注意でございますので。――そんなことよりも、今日のベルさまは実にお可愛らしいお姿でいらっしゃいますね。そちらのお召し物は、どちらでお求めになられたのですか？」

ついでに、話も逸らしてみた。

（……いや、気になったのはホントなんだけど。何、このイイ感じの可愛らしさ）

いくらお忍びスタイルといっても、ベルナルドは黙っていればとんでもなく愛くるしい子どもである。下手に庶民っぽさのあふれる服を着ては、かえって目立ってしまいかねない。

恐らく、生まれたときから叩きこまれているのであろう、凛とした立ち居振る舞い。

さらに、こうして座っているだけでも自然とにじみ出る威厳や上品さは、どんな衣服をまとっていても、隠しきれるものではないらしい。

その点、今ベルナルドが着ているワンピースは、派手すぎず、しかし決して地味すぎることもない。ちょうどいい感じに「なんとなく育ちのよさげなお嬢さま」っぽい雰囲気をかもし出すことに成功している。

この服装をベルナルド自身がチョイスできるとは思えない。きっと、周囲の誰かが用意したものなのだろう。

ヴィクトリアは、首をかしげた。

（……ん？　ってことは、ひょっとして今回もお付きのひとがここまで送ってきたってこと——）

「いいだろう！　この間、城内を探索していたときに、偶然見つけたんだ！　ちなみにカツラは、女装趣味（しゅみ）がある大臣の部屋から借りてきた！」

——ベルナルドがえっへん、とふんぞり返った。

ヴィクトリアの希望的観測は、一瞬で叩き壊された。

なんだか知ってはいけない情報が聞こえてしまった気もするが、気合いで聞かなかったことにする。

左様でございますか、とヴィクトリアは束の間（つかのま）、遠いどこかを見る。そんな彼女にはかまわず、ベルナルドは実に楽しげに笑って言った。

「どうやら昔、ぼくと同じようにひとり歩きのお好きな女性がいたらしい。彼女が隠していらしたもののようでな。子どもの体格なら通り抜けられる警備システムの隙間（すきま）や、困ったときの対処方法などを記（しる）した日記帳と一緒にあったんだ。実にいいものを見つけたぞ！」

いつの時代においても、やんちゃな皇族は存在するみたいだ。

その知恵がこうして脈々と継承されていることは、ほほえましいと思うべきなのだろうか。

（……いやいやいや。落ち着け、わたし。このお方は皇太子殿下。皇族の中でも、命を狙われちゃう確率ナンバーワンなお方です。きっと今頃、ベルナルドさまの不在に気づいたお付きの方々の毛根が、ストレスで死滅の危機に瀕しているから——！）

いずれ、ベルナルドが皇位を継承する。

そのときに、側仕えの方々の頭髪がみんな寂しくなっていました、なんてことになるのは非常に、とってもよろしくない。

主に、見た目的な問題で。

国民にとって、皇室のヴィジュアルは大事なポイントなのである。

自分たちの敬い仕える主君やそのまわりがイケメン、もしくは美女だと、とっても嬉しい。

それが、偽らざる国民の本音であろう。

ヴィクトリアは、ぐっと右手の拳を握りしめた。

一度深呼吸をして、ゆっくりと口を開く。

「……ベルさま」

「なんだ？」

「一応、確認させていただきます。……今回のお忍びのことを、周囲の方々はご存じでしょうか」

ベルナルドはきょとんと瞬きした。

「バレていたら、ここまで来られるはずがないだろう？」

まったくもって、その通りだ。ヴィクトリアはうなずいた。

「そうでしょうね。……ベルさま。本日わざわざ、わたしにお言葉をかけにいらしてくださったこと、大変嬉しく思っております。ですが、あなたさまのようなお立場の方に、このように軽挙な振る舞いをされてしまうと困るのです。おそばにいらっしゃる方々は、さぞご心配なさっていることでしょう」

「なんだ、説教か？」

そんなものは聞き飽きた、とばかりに頬を膨らませ、ベルナルドはぷいと顔を背けた。

ヴィクトリアは続けて言った。

「いいえ。違います、ベルさま。これはわたしからの切なるお願いなのでございます」

「何？」

振り向いたベルナルドは、少し戸惑ったような顔をしていた。

ヴィクトリアは、厳かにうなずく。

「はい。そうなのです。……よろしいですか？　ベルさまは、まだご存じではないかもしれません。しかし、世の中には、心配ごとが続くと、その影響が頭髪に出てしまう方がいらっしゃるのです」

「……は？」

ベルナルドの目が次第に丸くなる。ヴィクトリアは切々とベルナルドに訴えた。

「つまり、ベルさまが周囲の方々にご心配をかけた場合――もしかしたら、頭髪が不如意になる方が出てしまう可能性がある、と申し上げております」

「と……頭髪、不如意？」

ごくり、とベルナルドは唾を呑む。ヴィクトリアは低い声で言った。

「さくっと言うなら、ハゲる、ということでございます」

――ベルナルドが絶句した。

その顔が微妙に青ざめるのを見てとって、ヴィクトリアは確信した。

イケる、と。

畳みかけるように、ヴィクトリアは続ける。

「もし今後、ベルさまのお付きの方々がそのような事態に陥ったなら、それはとても大変なことでございます。一度不如意になった頭髪が元に戻るのは難しく、戻ったとしてもそれには長い年月が必要です。……想像してみてください、ベルさま――アナタのおそば付きの方が、てっぺんだけつるっとハゲてしまわれたお姿を」

「〜〜っっ!!」

ベルナルドは、顔面蒼白になって立ち上がった。

（ふ……っ、勝った）

まるで迷子のような顔で、ベルナルドは視線をさまよわせはじめる。

彼の脳内では、きっと武術大会のときに彼のそばに控えていた青年の、ちょっとアレな姿が思い描かれているのだろう。

ヴィクトリアは名も知らぬ彼に向け、胸のうちでこっそりと手を合わせた。

（――ダシに使って、すみません。悪気はないので、許してください）

ともかく、これだけ脅せば充分だろう。

細い肩を震わせる、黙って（だま）いれば一見儚げ（はかな）な風情（ふぜい）の美少女に、できるだけ柔らか（やわ）く声をかける。

「あなたさまのお立場では、思うままにならないことがさぞ多いのでございましょう。たまには自由に、ひとり歩きなさりたいお気持ちもわかります。ですが、今後はせめて、信頼できる方に一言相談してからになさってください」

周囲のひとびとをハゲさせたくなければ――という言外のプレッシャーに負けたのか、ベルナルドは素直にこくんとうなずいた。

しかし、それでもまだ何か言いたいことがあるのだろう。その小さな唇が軽くとがった。

「だが、相談しても無駄（むだ）だ。……どうせ誰も、ぼくの言うことなんて聞きやしない」

むすっとつぶやいたベルナルドに、ヴィクトリアは首をかしげた。

「でしたら、言うことを聞いていただけるように、努力なされればよろしいのでは」

「……何？」

ベルナルドが虚（きょ）を衝（つ）かれたように聞き返す。もしかしたら、彼は今まで「ワガママを言う」ことしか、してこなかったのかもしれない。

この歳の子どもならば、当然のことだ。

しかし、残念ながら彼は望むと望まざるとにかかわらず、すでに「皇太子殿下」である。

市井（しせい）の子どもと同じように、ワガママを言うだけで周囲がそれを叶えることはないだろう。

「ただ、ああしたい、こうしたいとおっしゃるだけではなく――そうですね。たとえば、あの本をいつまでに読み終えたら、少しどこかへ遊びに行きたい、という風におっしゃってみるのはいかがでしょう？　少しは周りの方々も、言うことを聞いてくださるかもしれませんよ？」

皇太子の外出となると、本来はさぞ綿密な護衛計画が必要になるに違いない。いきなり無茶ぶりするのではなく、前もって意思を伝えるようにするだけでも、大分違うのではないか。

多少ワガママながら、ベルナルドは世話になった相手にきちんと礼を言える子どもに育っている。

それは、周囲のひとびとがきっと彼を大事にしているからなのだろう。

ということは、やり方次第では周囲の大人の対応も、変わるのではないだろうか。

ベルナルドは少しの間ぽかんとした後、ぎこちなくうなずいた。

「……なるほど。そうか。……そうだな」

どうやら、納得してくれたらしい。

「はい。それでは、ベルさま。お迎えはどちらにお願いすれば――」

「――失礼する。一体何事だ、コーザ」

そのとき、地獄のような重低音が背後から響いた。

ヴィクトリアは硬直した。

それから、恐る恐る背後を振り返る。

そこにいたのは、やけに据わった目をしたリージェスだった。

だらだらと冷や汗を垂らしながら、数分前の記憶を反芻する。

先ほど自分は、クラスメートになんと言ったのだったか？

——もしあなたに情けがあるのでしたら、寮長さまを第一面会室までお連れしてくださいませんか……？　わたしが生きているうちに——

なんと人騒がせな言葉だろうか。

ちょっと、過去の自分に背後から思いきり足払いをかけたくなった。

（……あああぁあああっ！　すみませんごめんなさいリージェスさまー！　だってだって、てっきりミュリエルさまだと思ったから——ってあれ？　ひょっとしなくても、皇太子殿下ご登場の方がよっぽど一大事でございますね！　結果オーライなのかもしれませんが、なんにせよご迷惑をおかけして申し訳ございませんー！）

束の間、ヴィクトリアはわたわたと無意味に右手を泳がせる。

顔をしかめたベルナルドが何か言いかける前に、ヴィクトリアはリージェスのそばをすり抜け、力任せに扉を閉めた。

ちょっと、左手に響いた。痛かった。

「コーザ？　どうした？」

訝しげにリージェスが聞く。

少し迷ったけれど、今更取りつくろったところで、無駄だろう。ヴィクトリアは腹をくくって口を開いた。

「あの……寮長さま。この方が本日こちらにいらしたことにつきまして、箝口令を敷いていただくことは可能でしょうか？」

「何？」

……言いたくない。ヴィクトリアは、とっても言いたくない。

だが、言わねばなるまい。

「その……こちらは、ベルナルド・ティルティス・レンブラント・ネイ・ギネヴィアさま。――皇太子殿下で、いらっしゃいます」

――このなんとも可愛らしい、少女にしか見えない少年が、いずれあなたの主君となるのだと。

それからリージェスがなるほど、とつぶやくまでの数秒間が、まるで永遠のように感じられた。

リージェスは、たとえ相手が可愛らしい少女の姿をしていても、近くで見れば識別できる程度には「皇太子」の顔を見知っていたらしい。

いつも通りの無表情のまま、リージェスはベルナルドに優美な礼を取る。

「ご挨拶(あいさつ)が遅れました。メイア家後継、リージェス・メイアと申します」

――それはまさに、「愛らしい金髪の姫君にかしずく、美しい黒髪騎士の図」であった。

ヴィクトリアは、この場に居合わせた己(おのれ)の幸運に感謝した。

（ええ！　年齢差がありすぎるのがアレですが、かまいません！　これはもう、絵に描いて額に入れて飾(かざ)っておきたいレベルです！）

せめて、この麗(うるわ)しい光景を目に焼きつけておこう。

ヴィクトリアがそう思ってガン見していると、何度か瞬(まばた)きしたベルナルドが、何かに気づいたように大きく目を瞠った。

「……おまえ、武術大会の優勝者か？」

ベルナルドの声が、嬉しげにはずんだ。

顔を見れば、スミレ色の大きな瞳をきらきらと輝かせている。

ヴィクトリアは、内心ちっと舌打ちした。

（……うん。わかりますよ、殿下。あのときのリージェスさまは、とってもとってもかっこよかったですよね。わたしは後ろの方からしか見られませんでしたけど、あなたは最前列の特等席でご覧になっていらしたんでしたっけ？　そーゆーのを、権力の濫用というのではないかとわたしは思います。あぁ、うらやましいッ）

ヴィクトリアが若干やさぐれている間に、ベルナルドのテンションはすっかり上がりきってしまったらしい。

彼は、完全に憧れの英雄に向ける眼差しで、リージェスを見上げていた。

懸命に話しかける姿は実にほほえましいが、素直に帰らせるのがまた難しくなってしまった気がする。

だが、興奮しきりのお子さまとは違い、リージェスは品行方正な寮長さまだ。

彼はどこまでも冷静沈着だった。

「殿下。過分なるお褒めの言葉、恐悦至極に存じます。ですが、この国の臣民のひとりとして、これだけは申し上げます。——そのお姿のときには、御名を名乗られない方がよろしいかと」

「へ？　……うわあぁぁあーっっ⁉」

途端に、ベルナルドは真っ赤になって跳び上がった。

どうやら、今の自分の姿をすっかり忘れていたらしい。

人目を欺くために女装することは問題なくとも、憧れのひとにその姿をさらすことには、ものすごく抵抗があったのだろう。

ベルナルドはその場にしゃがみこみ、頭を抱えてぷるぷると震えた。

仔犬みたいでなんだか可愛い――ではなく、可哀想になってきた。

リージェスが、そんなベルナルドのそばに膝を落とす。

そして、彼は子ども相手に、思いきり追い打ちをかけた。

「大変よくお似合いではあります。しかし、やはり我が国の皇太子殿下が女装趣味だなどと外部に伝われば、国の威信に関わります」

（……ヒデェ）

ヴィクトリアはちょっと引いた。

すっかりどんよりしてしまったベルナルドにかわり、恐る恐る右手を挙げて口を開く。

「あの……寮長さま？　殿下は決して、女装がご趣味というわけでは……」

リージェスの寮長モードの冷ややかな目が、こちらを見た。

「コーザ。こういったことには、事実かどうかは問題じゃない。客観的にどう見えるか、人にどう伝わるかが問題なんだ」

「……ハイ」

フォローしきれなかった。ヴィクトリアは、おとなしく引っこんだ。

それからリージェスが今回の件について箝口令を敷きに面会室から出ていくと、実にいたたまれない空気がその場に残った。

「えぇと……殿下？　大丈夫ですか？」

扉が閉められているため、もう呼び方を戻しても大丈夫だろう。

ベルナルドはスカートにくるまれた膝を抱え、小さくなっている。彼の頭がわずかに揺れた。

「……コーザ」

「はい。なんでしょう？」

ベルナルドの虚ろな目が、どこか遠いところを見た。

「ぼくは今後、城を出るときには、誰に会っても恥ずかしくない格好で出かけることにする」

「はい。ぜひ、そうなさってください」

――どうやら彼は、少し大人になったらしい。

それからどうにか、ベルナルドは己のピュアな部分がえぐられた衝撃から立ち直ったようだ。元通りソファに腰かけると、ヴィクトリアにも向かいのソファに座るようにすすめた。

そこで話題になったのは、当然の流れというべきなのか、主にリージェスのことだった。

「――あの武術大会を見る前から、メイア家とラング家の名前だけは知っていたのだがな。まさか、今日も会えるとは思わなかった」

心なしかベルナルドの声がはずんでいる。

「メイアさまは、この『楽園』の学生たちをまとめる立場にいらっしゃる方なのですよ」

そうなのか、とうなずいたベルナルドは、次にひょいと首をかしげた。

「おまえは、彼と親しいのか？」

「は？」

目を丸くしたヴィクトリアを、ベルナルドは少し不思議そうな顔で見つめた。

「なんだ、違うのか？」

ヴィクトリアは困惑した。確かに、リージェスには随分と世話になっている。

それに、一般の生徒よりも遙かに気にかけてもらっているとは思う。

だが、先ほどの短いやりとりの中に、そんな風に思われるものはなかったはずだ。

「なぜ、そう思われるのですか？」

「……なんとなく？」

そう言って小首をかしげた小動物のようなベルナルドは、実に可愛らしかった。

しかし、自分をまっすぐに見つめてくる瞳が、ヴィクトリアにはなんだか少し居心地が悪い。

ベルナルドは、ぷらぷらと足をぶらつかせ、なんでもないことのように言った。

「本当に、なんとなくなんだがな。ぼくは昔から、結構勘がいい方なんだ。――どんなにいいことを言う者がいたとしても、なんとなくいやだなと思うことがある。そういうときには、極力そいつには近づかないことにしている」

「勘（かん）、ですか」

くり返したヴィクトリアに、ベルナルドは妙に大人びた笑みを浮かべてみせた。

「最初は、ただの偶然かと思ったんだがな。それが三人ほどなら、まぁ、偶然と言っても通じるだろうが――」

細い指が、くるくるとカツラの金髪を絡（から）め取る。

「十を数えたあたりで、これは気のせいじゃないと思った。ぼくがいやだなと感じた相手は、いずれ必ず、ぼくや近しい人間に刃（やいば）を向ける」

ヴィクトリアは、はっと息を呑む。

彼が日常的に命を狙われる立場にあることは、すでに知っていた。

けれど、改めてこうしてベルナルド自身の幼い声で語られると、その残酷（ざんこく）さにひどく胸を突かれる。それが日常になっている彼は、きっと心のどこかで逃げ出したいと思っているのだろう。

自分の命が危（あや）うい日常なんて、誰だっていやに決まっている。

けれど、ベルナルドは逃げられない。

彼自身が望んだわけではない、日常から。

それを哀（あわ）れむことは簡単だ。

けれど――なぜだろう。

ベルナルドを哀れむことは、彼に対してひどく失礼なことのような気がした。

ヴィクトリアの視線の先で、彼は小さく笑みを浮かべる。

「それとは逆に、こいつは大丈夫だな、と思った相手がぼくに刃を向けてきたことは、一度もない。だから、おまえたちも大丈夫なんだと思う」

「……はい？」

ヴィクトリアは、ベルナルドの言うことを咄嗟に把握し損ねた。

間の抜けた声をこぼすと、ベルナルドは楽しげに笑って言う。

「おまえも、さっきのリージェス・メイアも。なんとなく、大丈夫だと思った。——おまえたちは、ぼくを傷つけない人間だ」

「はぁ……」

確かに、今もこれからも、皇太子殿下を傷つける予定などまるでない。

けれど、一体自分たちのどこを見て判断しているのだろう、と不思議に思う。

国のトップレベルの魔力持ちである皇太子殿下ともなると、そんなことまでできるようになるのだろうか。

……皇族が背負う危険の度合いの大きさが、自衛のための不思議な感覚を研ぎ澄まさせたのかもしれない。

幸せなことではないけれど、実に便利な能力である。

ヴィクトリアは居住まいを正して、ベルナルドを見返した。

「だから今日、殿下はわたしに会いにいらしたのですか？」

彼にとっての「大丈夫」な人間に。

そんなにも、彼の身近には「大丈夫」な人間がいないのだろうか。

しかしベルナルドは、その問いにはあっさりと否定を返してきた。

「いいや？　今回はこの服を見つけて――」

そこで彼は、一度どんよりと落ちこんだ。

きっとリージェスの無表情な顔を思い出して、なんとも言えない気分になっているのだろう。

ヴィクトリアは心の中で、がんばれー、と応援した。

「――この服の効果と、一緒に見つけた日記の情報を試してみたくなっただけだ。まさかこの間の今日でぼくが城を抜け出すとは、誰も思っていなかったようでな。実に簡単だったぞ」

なんて短絡的（たんらくてき）な話だろう。

ヴィクトリアはあきれて、思わずツッコむ。

「……殿下。おわかりだとは思いますが、その日記に書かれていることはとっても危険な情報ですからね？　絶対にほかの人間には見つからないように、隠しておいてくださいね？」

城の警備システムに穴があるなんて情報、万が一他国に漏（も）れでもしたら、とんでもないことである。

そう言うと、ベルナルドは何やらそわそわと視線を泳がせた。

一体どうした、と思って見ていれば、彼はいたずらが見つかった子どものような顔になる。

そして、じっと上目遣（づか）いで見つめてきた。

とてもとても可愛らしかった。

ヴィクトリアは一瞬、そういう顔は絶対にヨソではしないように、と忠告すべきか迷った。

悩んでいるうちに、ベルナルドはもじもじと話しだす。

「その……な。ぼくもさすがに、これはまずいと思ってな。日記だけは元の場所に戻しておこうと思ったんだが……。どうにも、元通りに隠し扉を閉じることができなくてだな」

その隠し扉を開くことができたのも、適当に細工錠をいじっていて偶然――という状況だったのだという。

仕方なく、ベルナルドは日記を自室に持ち帰ることにした。

しかし、彼の部屋はプライベートな空間であっても、実際には多くの侍女や従僕たちが出入りする。

こんな危険物をしまっておける場所などない。

両親である皇帝陛下や皇妃殿下にあずけようにも、彼らとの面会日はまだまだ先だ。

ベルナルドはとりあえず、日記を並べて一番目立たないと思われる書棚のすみに突っこんではみたものの、どうにも気になって仕方がなかったと言った。

「何しろ内容からして、この日記の持ち主は皇室の直系かそれに近しい女性だったはずだからな。警備システムのことは別にしても、陛下以外の人間に絶対に見せるわけにはいかないと思ったんだ」

なんだかよくわからないけれど、まさしく皇室直系のベルナルドがそう言うのなら、そういうものだろう。それにしても、そんなことを自分に話してもいいのだろうか。ちょっと不安になったので、後でもう一度、日記のことは誰にも話さないように言っておこう、と思う。

「はぁ。……それで、その日記をどうなさったのですか？」

「どうした、というか……」

ヴィクトリアの質問に、ごにょ、とベルナルドが珍しく言葉を濁(にご)した。

それから何度かためらうようにした後、彼はようやくぼそぼそと先を続けた。

「……そんなつもりは、なかったんだが。このピアスの中に、入ってしまった」

これ、とベルナルドが指さしたのは、薄い耳たぶを飾(かざ)っているスミレ色の宝石がついた小さなピアスだ。

ヴィクトリアは、首をかしげた。

「はい？」

彼の言っていることが、まったく理解できない。

「……どうにかしてこの日記を隠さなければ、と悩(なや)んでいたんだ。そうしたら、このピアスが光った。そして、日記を吸いこんでしまった。以上だ」

それはつまり、とヴィクトリアは気まずそうなベルナルドを見返した。

「皇族女性の日記を隠さなければ、という殿下の意思にそちらのピアスが勝手に反応した。そして魔導具化してその役割を果(は)たした——ということでございましょうか」

「よ、よくわからんが……。でも、おそらくそうではないかと思う」

しどろもどろになるベルナルドを見て、ヴィクトリアは思った。

世の中には本当に、天才というのがいるもんなんだな——と。

しかし、話をよくよく聞いてみると、それで問題が解決したわけでもないらしい。

彼は日記をピアスの中に「隠す」ことには成功したものの、どうやって出したらいいのかは、わからないのだという。

「日記が消えたときも、一瞬だったからな。正直、何が起こったのかもよくわからなかったんだ」

そう話すベルナルドの耳で輝くピアスは、彼が生まれたときに皇帝陛下から贈られたものなのだという。

そんな大切なものをなんとなくで魔導具化するな、と言ってやりたい。

しかし、今更そんなことを言ったところで無意味なので、やめておく。

「えぇと……それでは、術式を確認させていただいてもかまいませんか？」

こちらは一応、魔導具の構造を専門に学んでいる身である。

無意識にベルナルドがかけた「鍵」を、解除することができるかもしれない。そう思って言ってみたのだが、ピアスには彼の魔力の制御機能が付加されているという。

どうやら、皇帝陛下の許可なく耳からはずすことはできないらしい。

「その術式とやらは、ぼくがピアスをつけたままでは見られないのか？」

「え？　それは、まぁ……できなくはないですが……」

術式を確認しようと思えば、直接その魔導具に触れる必要がある。

そこまで近づいてもいいのだろうか、と首を捻る。しかし、どうやらベルナルドは他人に触れられることに頓着しないタイプらしい。

（あ……もしかしたら、わたしが殿下にとって「大丈夫」なタイプだからなのかな？）

ちょっぴりそんなことを思ったけれど、確認するのはなんだかこっ恥ずかしい。

ベルナルドが来い来い、と手招くので、彼の隣に一礼して腰を下ろす。ヴィクトリアは、その小さな耳を飾っているピアスにそっと指先で触れた。

その術式を確認し、眉根を寄せる。

「……かなり、複雑ですね。もともと組みこまれていた殿下の魔力と制御する術式の隙間に、がっちりはまりこんでいる感じになってます」

「解除は、できないのか？」

弱った声で言うベルナルドに、ヴィクトリアはうーん、とうなった。

「下手に触ると、殿下の魔力制御術式までいじってしまいそうで怖いです。――このピアスを魔導具化した方に、一度初期化していただくのが間違いないかもしれません」

魔導具を作った本人以外が初期化すれば、せっかくその魔導石に貯まっていた魔力が失われてしまう危険があるのだ。

そう言うと、ベルナルドは小さくため息をついた。

そして少しの間考えた後、おもむろにうむ、とうなずく。

「つまり、このままで何も問題ない、ということだな？」

「はい？」

だから、とベルナルドはやけに不敵な眼差しでヴィクトリアを見た。

「それだけめんどうなことになっているなら、あの日記が今後不用意に飛び出してくることもない、ということだろう？」

そう確認され、ヴィクトリアは半目になった。

「……殿下。もしやあなた、全部なかったことになさるおつもりですか」

「悪いか！　ぼくには、厄介ごとやめんどうごとをわざわざ掘り返す趣味はないんだ」

えっへん、とふんぞり返ったベルナルドに、ヴィクトリアはすかさずツッコんだ。

「先ほど、その日記はとても貴重なものだとおっしゃったのは、どこのどなたですか」

「ぼくは、過去は振り返らない主義なんだ！」

ああ言えばこう言う。

実に口の減らないお子さまである。

しかし、それがまたなんとなく憎めない感じがするのだ。なんだか、これ以上教育的指導をする気にもならない。

まぁいいか、と思ってしまう。

「それでは、殿下のお好きにどうぞ」

むしろ今は、目の前にある幼い子ども特有のぷにぷにほっぺに気を取られる。つい、「えい」とつついてみたい衝動に駆られるが、それをこらえるのがつらいくらいだ。

だが、ここでそれをしてしまっては、間違いなく変態——ではなく、不敬罪に当たるだろう。

残念だが、我慢である。

ため息をついてヴィクトリアが立ち上がろうとしたとき、ふとベルナルドが何かを思い出したように瞬きした。

「そういえば、おまえと一緒にいたときにぼくを攻撃してきた者なんだが。やはり、叔父上の手の者だったようだ」

「ソ……ソウデシタカ」

いきなりそんなディープな話を、世間話のノリではじめないでいただきたい。

だが、ベルナルドにとっては、これもありふれた世間話に過ぎないのだろう。

ヴィクトリアの動揺にまるで気づく様子はなく、さらりと続ける。

「相変わらず、明確な証拠はないのでどうしようもないがな」

「……殿下。そのような状況で、おひとりでホイホイ出歩かれるのはいかがなものかと、わたしは心から思います」

やっぱり、皇室怖い。

ヴィクトリアがぴるぴる震えて机の下に潜りこみたくなったとき、軽いノックの音がした。

「リージェス・メイアです。よろしいでしょうか」

なんともいいタイミングで戻ってきてくれたリージェスの声に、ヴィクトリアはぱっと顔を上げた。

寮長モードの彼の声は、プライベートモードと違ってなんの感情もうかがうことはできない。

それでも、聞いているだけで嬉しいし、落ち着くのだ。

「ああ、入れ」

ベルナルドの答えに応じて、静かに扉が開く。

「失礼しま――」

だが、扉を開いたリージェスが、なぜか少しの間そのまま固まった。

一体どうしたのだろうと思っていると、軽く眉間を押さえて小さく息をついた彼がこちらを見た。

「……何を、している。コーザ」

「はい？」

何と言われても、とヴィクトリアは我が身を振り返る。

そこで、自分がベルナルドにぴったりと寄り添うように並んでソファに腰かけていることに気がついた。

慌てて立ち上がり、事情を説明しようとして――その前にベルナルドにぐいと腕を掴んで引き戻された。

耳元に顔を近づけてきたベルナルドが、低く抑えた声で言った。

「……おい。日記の件は、他言無用だからな」

外見美少女にあるまじき、実にドスの効いた声である。

ヴィクトリアはとりあえず、長いものに巻かれておくことにした。

この国に、皇太子殿下の脅しに屈しない者は――もしかしたらいるのかもしれないが、残念ながら、ヴィクトリアはその一員ではないのである。

「あの……寮長さま」

片手を挙げて発言の許可を求めたヴィクトリアを、リージェスが視線だけで促した。

「わたしが殿下のお隣に厚かましくも腰かけていた件につきましては、事情も理由もあるのです。しかし、皇太子殿下に他言無用を申しつけられてしまいましたもので、黙秘権を行使させていただきます」

リージェスは無表情のまま、うなずいた。

「そうか。了解した」

「ありがとうございます」

ヴィクトリアはほっとする。

リージェスが融通の利く青年で助かった。

そんなヴィクトリアを、ベルナルドが微妙に胡乱な目で見て、つぶやいた。

「おまえ、やっぱりおかしな奴だな」

「なんですか、いきなり。ひどいです」

むっとして振り返ると、ベルナルドは首をかしげた。

「変な奴だ、の方がよかったか?」

「殿下、ますますひどいです」

「じゃあ、異常なまでに図太い奴」

「ひどさはそのままのようですが、なぜか反論できません」

そんな不毛極まりない言い合いを断ち切ったのは、リージェスの静かな声だった。

「申し訳ありません、殿下。どうかそこまでにお願いします。じきにお迎えの方がいらっしゃるそうです。もうしばし、こちらでお待ちください」

そうか、とベルナルドがうなずいた。

「わかった。世話をかけてすまないな」

なんだか、随分いい子のお返事である。

やはりベルナルドにとって、リージェスは憧れの対象であるらしい。

自分とリージェスに対するベルナルドの態度があまりに違うことに、ヴィクトリアはちょっぴりやさぐれたくなった。

(……いいんだもん。リージェスさまはリージェスさまなんだから。殿下がいい子になるのは、当たり前なんだもん)

「コーザ。おまえは、もう戻れ。そろそろ痛み止めを呑む時間だろう」

「え？　あ、はい！」

一瞬なんのことかと思った。けれど、痛み止め云々はヴィクトリアをこの場から離すための方便だろう。

このおばかながら可愛い皇太子殿下だけならまだしも、それ以外の皇室関係者へのご挨拶は想像するだけで顔が引きつる。

内心、力一杯リージェスに感謝しつつ、ヴィクトリアはベルナルドに一礼した。

「えぇと……それでは、失礼いたします。殿下。――お元気で」

「ああ。おまえもな」

あっさりとした、別れの言葉。

ヴィクトリアはなんだか不安になった。

(今度から、外出したいときには身近なひとに相談しろ、とは言いましたけど……。アナタの危険なお立場からすれば、やっぱり安全なお城で、護衛さんたちに囲まれているのが一番だと思うのですよ？)

とはいえ、ヴィクトリアが言ったところで、ベルナルドは素直に聞くような子どもではない。

それは、もうよくわかった。

彼はきっと、自分の置かれた状況がどんなに理不尽なものであっても、図太くたくましく生きていくのだろう。周囲のひとびとに、いろいろとワガママを言いながら。

「寮長さま、ご迷惑をおかけしました。その、ありがとうございました」

「……ああ」

面会室を退出する際に見上げたリージェスは、なぜだか少し困惑したような表情を浮かべていた。

無表情が基本の寮長さまモードの彼にしては、とても珍しいことである。

ヴィクトリアは、首をかしげた。

「寮長さま？　どうかなさいましたか？」

いや、とリージェスが短くつぶやく。

「なんでもない。——早く行け。そろそろ、殿下のお迎えがいらっしゃるぞ」

「は、はい！　失礼します！」

慌ててその場を後にしたヴィクトリアは、知る由もなかった。

そのとき、眼鏡と前髪で隠している自分の瞳と、ベルナルドの瞳の色が同じスミレ色であると、リージェスが気づいたことなど。

そして彼が、ひどく複雑な顔で自分の背中を見ていたことにも。

（うーん……ベルナルドさまが、本当に女の子だったらよかったのになー。そうしたら、さっきのリージェスさまとのツーショットも、もっと萌え萌えできたなー）

……そのときのヴィクトリアは、そんな脳天気なことを考えていたのである。

第六章　ご挨拶に行きました

そうして、数日後の週末。

『楽園』の馬車止まりから直接ラング家の馬車に乗るのは、恐ろしすぎるので勘弁してください、とヴィクトリアは頼みこんだ。

そこで、指定された街角で、やって来たラング家の馬車に乗りこむ。しかし次の瞬間、ヴィクトリアは仰け反って馬車から転がり落ちそうになった。

「――相変わらず、予想通りの反応をするヤツだな。大丈夫か？」

くっくっと肩を揺らして笑いながらそんなことを言うのは、広い車内でのんびりくつろぐシャノンである。

ヴィクトリアは、ぱくぱくと口を動かした。

「な……なな……っ」

(そりゃあ、来てくださるとはうかがってましたけれども――なんっっで、リージェスさまもこの馬車に乗っていらっしゃるんですかーっ⁉)

ヴィクトリアは、内心で力一杯絶叫する。

その体が馬車から転がり落ちないよう、片腕一本で彼女を軽々と支えているのは、見紛うことなき黒髪の寮長さまだ。

ヴィクトリアの痛めた左腕に触れないよう、腰に手を回している。

でも、見た目が男同士でこの体勢は、いろいろな意味でまずい。

硬直しているヴィクトリアを、リージェスはあっさり車内に引き入れる。そのまま、何事もなかったかのように座席に腰を下ろした。

「オレもラング家の御大にご挨拶に行くから、同乗させてもらっただけだ。さっさと座ったらどうだ？」

「……はい」

（おぉう、超絶クールビューティーな寮長さまの素っ気ない態度に、ぞくぞくしちゃ——ったりしませんよ。しませんてば）

リージェスの説明に、ヴィクトリアはもごもごと返事をした。

ほれほれ、と自分を手招くシャノンの隣に、ちんまりと腰を下ろす。

大会後は怒っていたのに大丈夫なのか、と小声で聞くと、シャノンが小さく苦笑を浮かべる。

「まぁ……まだ多少ムカつかないわけでもねぇが、気にするな。それに、オレがうちに帰るときは、大抵こいつも一緒なんだよ。じーさんも、こいつのことはお気に入りだしな」

「そうなのですか」

どうやらシャノンは、あまり物事を引きずらないタイプらしい。

……そのストレス解消に何度も付き合わされた身としては、若干微妙な気分になるのだが。

「ああ。だがな、リージェス。いくらおまえがじーさんのお気に入りでも、ミュリエルはやらんからな」

ヴィクトリアは驚いた。

「え？　寮長さまって、まさかのロリ――」

「アホかああああっっ!!」

途端に、リージェスは常日頃の冷静さをかなぐり捨てる勢いでわめいた。

「オレには断じて！　赤ん坊の頃から知っている七歳児を、恋愛対象にする趣味はない！」

――どうやら彼は、ロリコンではないらしい。

ヴィクトリアはほっとした。

だが、その勢いにシャノンは引いたようだった。

「おまえ……そこまでムキにならんでも」

そんなシャノンを、リージェスはぎりっとにらみつけた。

「おまえにとってはいつもの軽口でも、ここにはひとの言うことをなんでも素直に受け取る一年生がいるんだ。少しはその辺を考えろ」

「あぁ……悪い……」

リージェスに言われたシャノンに、残念なものを見る目で見られ、ヴィクトリアはムカついた。

いつも妄想を炸裂させているような残念な人間に、誰かをそんな目で見る資格はない。

ラング家の邸宅は、『楽園』から馬車で一時間あまりの貴族階級の住居が建ち並ぶ地区にあった。

今日の目的地であるその邸宅を目にした瞬間、ヴィクトリアは夏にリージェスの別荘に連れていってもらっていてよかった、としみじみ思った。

別荘で豪華さに免疫がついていなければ、これから突入する邸宅のあまりの迫力に、ぱったりとノックアウトされてしまったかもしれない。

ヴィクトリアの貧困なボキャブラリーでは、その建物の素晴らしさは到底表現しつくせない。

美麗すぎる巨大な建物を、やはり美麗すぎる広大な庭園がぐるっと取り囲んでいる。

……ちょっと、気分が悪くなってきた。

「おい？　大丈夫か？」

気遣ってくれるリージェスに、どうにかうなずく。

「はぁ……緊張とストレスで、ちょっぴり胃がねじ切れそうになっているだけです」

なんといっても、これからご挨拶するのは、この国の英雄とまで言われているお方である。

そうぼやくと、ふたりからとても意外そうな視線が向けられた。

「なんですか？」

「おまえでも、それほど緊張することがあるのか、と……」

ヴィクトリアが聞けば、いや、とリージェスが微妙に視線を逸らす。

ああ、とシャノンがうなずく。

「てっきり、そんな繊細な機能は搭載されていないイキモノなのかとばかり」

ふぅっ、とヴィクトリアはアンニュイな吐息をこぼした。

（とことん、失礼な方々ですね……）

ふたりまとめて、膝かっくんしてやりたくなった。

彼らに続いて邸宅に入ると、当然ながら内装も大変豪華だった。

「お帰りなさいませ、お兄さま。リージェスさま、ヴィクトリアさんも、ようこそいらっしゃいました」

かなりの胃の痛みにどんよりしていたヴィクトリアだったが、エントランスホールで出迎えてくれたミュリエルの可愛らしい笑顔のおかげで、一瞬で痛みが吹き飛んだ。

シャノンはそんな妹を抱き上げて、軽く頬にキスをした。

「少し重くなったか？　ミュリエル」

「まぁ、お兄さまったら。それはレディに言うことではありませんわよ？」

そこには、くすくすと笑うミュリエルのほかにも、多くの使用人がずらりと並んでいた。

みんな、リージェスには礼儀正しく頭を下げている。けれど、中にはちらちらと値踏みするような視線をヴィクトリアに送ってくる者もいた。

怖い。

ここは早めに、自分の売りである魔導具作製スキルを見せてしまった方がいいかもしれない。

ヴィクトリアは、馬車の中でシャノンからもらっていた魔導石を右の手のひらに載せた。

左腕の完治はまだなのだが、経過は順調だ。

痛み止めは呑んでいるし、こんなときに大げさにしたくないので、布で吊っていない。

それでもさすがに、あまり動かすことは難しい。

ヴィクトリアは、できるだけ不自然にならないように気をつけて、ミュリエルににこりとほほえむ。

「ミュリエルさま。お久しぶりでございます。お約束の贈り物ですが、わたしの魔力では魔導石をご用意することができなかったため、シャノンさまに魔導石を譲っていただきました」

「まあ、そうなの？」

ミュリエルは、嬉しそうにヴィクトリアを見た。

「はい。そういうわけで、これはわたしとシャノンさまからの贈り物なのです。——起動」

前に一度作ってランディにあげた黒猫魔導具ノアの、バージョン違いである。

魔導石が光を放つ。

次の瞬間、漆黒の毛並みと青銀色の瞳を持つ小さな仔猫が、ヴィクトリアの手のひらで細い尻尾を揺らして、にぃ、と鳴いた。

それを見たミュリエルが、ぱぁっと顔を輝かせる。

「まあ！　なんて可愛いの？　ありがとう、お兄さま、ヴィクトリアさん！」

（いえいえ、アナタのその笑顔の方がずっと可愛らしいですよ、ミュリエルさま。その証拠に、シャノンさまの顔がヤバいレベルに崩れてます）

若干生温かい気分になりながら、シャノンの腕に抱かれたままのミュリエルの手のひらに仔猫をのせる。

どうやら使用人のみなさんは、魔導具を作製する瞬間を見たことがなかったらしい。一様に驚きを隠しきれないような顔をしている。

これでどうにか第一関門はクリアだろうか、と思っていたヴィクトリアの耳に、低く抑えたリージェスの声が届いた。

「……一瞬で、術式を魔導石に組みこむことができるのか」

「はい？」

振り仰ぐと、彼はひどく複雑な顔をしていた。

「いや。シャノンの魔導剣は、すでにできあがったものを見せられただけだったからな。ここまでおまえの演算能力が高いとは、正直思っていなかった」

「お……お褒めいただき、ありがとうございます」

こうもストレートに自分のことを高く評価されると、やっぱり照れる。

もしかしたら褒め言葉とは、少しわかりにくいくらいがちょうどいいのかもしれない。

それから、ヴィクトリアたちは彼らの祖父——ヨシュア・ラングの待つ客間へ案内された。シャノンとミュリエルの両親は、現在外国の知人を訪問中とのことだ。

豪奢極まりない部屋の大きな椅子に腰かけていた彼は、若々しく張りのある声で、「よく来たな」と笑った。

（……うん。さすが、シャノンさまとミュリエルさまのおじいさま。ナイスロマンスグレーです！）

少し色は薄いものの豊かな金髪は、きっちりと後ろに撫でつけられている。

先の戦で負ったものなのか、額に走る傷痕さえ彼の魅力を増すための飾りに見える。

間近で見るヨシュアは、年齢による衰えをまったく感じさせない、実に魅力的な男性だった。

父親のことをろくに知らず、包容力のある年上男性にかなり弱いヴィクトリアは、しばしの間、彼の姿にうっとりと見とれた。

「……コーザ。ご挨拶を」

隣に立つリージェスに低く不機嫌そうな声でたしなめられ、慌ててきっちりと礼を取る。

「は……っはじめまして！　ヴィクトリア・コーザと申します！」

声がひっくり返りそうになりながら、どうにか名乗った。

「うむ。ヨシュア・ラングだ。——孫たちが、随分世話になったようだな」

「いえっ！　とんでもございません！」

勢いよく首を振るヴィクトリアの背中を、リージェスがとんとんと軽く叩く。

落ち着けの合図に、ヴィクトリアはひそかにすー、はー、と息を吸って吐くをくり返した。

その間に、祖父のそばに歩み寄ったミュリエルがそれはそれは可愛らしい笑みを浮かべ、贈ったばかりの仔猫を彼に手渡した。

「見てくださいな、おじいさま。ヴィクトリアさんが、お兄さまの魔導石で作ってくださいましたの！」

「ほほう、そうかそうか。これは可愛らしいな」

……途端に相好を崩したヨシュアを見て、ヴィクトリアは少し落ち着いた。

このイケメンなじーさまは、ただのじじばかだと思いこむことにする。

（素敵じーさまと美少女な孫に、可愛い仔猫……イイッ！）

ついでに、萌えも追加してみた。かなり落ち着いた。

だが――

「なるほど、シャノンが惚れこむわけだ。……その様子だと、リージェスもこの坊主のことが欲しいのだろうな？」

「ええ。いずれ必ず、私のものにしてみせますよ」

――仔猫の肉球をぷにぷにしながら問うヨシュアに、リージェスは眉ひとつ動かすことなく答える。

ヴィクトリアはリージェスを、心の底から尊敬した。

（なるほど……ミュリエルさまの可愛いもの好きは、おじいさま譲りだったのですね……）

何か見てはいけないものを見てしまった気がしたヴィクトリアは、さりげなくヨシュアから視線を逸らした。

ヨシュアとリージェスのやりとりに、シャノンが割りこむ。

「うぉい、リージェス。コーザの後見をしてんのはうちだぞ？」

顔をしかめたシャノンに、リージェスはあっさりと応じた。

「成人までの仮契約だな。その後のことは、コーザの意思だろう」

「うーわー……堂々と横取り宣言しやがったよ、コイツ」

あきれ返ったようなシャノンの口調だが、その顔は楽しげだ。

「ま、オレはどっちでもかまわないけどな。おまえんとこで後見しようが、別にこいつの技術を独占しようなんて思わねえだろ？」

リージェスは少し考えるようにしてから、やがて言いにくそうに口を開いた。

「……そう、だな。コーザの技術を独占しようとは、思わない」

それを聞いたシャノンは、ひょいと肩をすくめた。仕方ないなと言うかのように、シャノンは笑う。

「おまえは最初っから、そいつに肩入れしてたもんな。いいぜ、成人してからの本契約は、おまえに譲ってやるよ」

シャノンが言うや否や、リージェスはぱっとシャノンを見た。

「二言はないな？」

「あ？　あ、ああ。……何？　おまえ、実はそんなに悔しかったわけ？」

若干引いたような顔のシャノンに、リージェスはふっと口元をほころばせた。

「おまえがばかで、オレは楽しいよ。シャノン」

「んだと――」

怒鳴りかけたシャノンは、そこでこの場に可愛い妹がいることを思い出したのだろう。口を閉じると、忌々しげな顔でリージェスをにらんだ。

「まぁ、いいさ。ただし、ほかの家にかっさらわれるような間抜けだけは、すんじゃねえぞ」

「言われるまでもない。――コーザ。そういうわけで、おまえの成人後の後見には、我がメイア家が立つ。……かまわないか？」

なんだかよくわからないうちに、ヴィクトリアの人生は本人の目の前でやり取りされてしまったようだ。

ヴィクトリアは、はぁ、と間の抜けた声をこぼした。

「えぇと……よろしくお願いします？」

途端に、リージェスがそれはそれは嬉しそうに顔を輝かせた。

まぶしかった。

そんな彼の笑顔はこの屋敷でも珍しいものだったのか、ヨシュアが楽しげに呵々と笑った。

「これはまた、愉快なものが見られたものだ。リージェスよ、そこまで小僧が気に入ったか？」

「ええ。……とても」

ヨシュアは、穏やかに応じるリージェスから、面白いものを見た子どものような顔をしているシャノンに視線を移した。

「そういえば、おまえも小僧に何やら作らせたのではなかったか？　見せてみろ」

「ん？　ああ。でもこいつは、使用者制限がかかってるから、オレにしか起動させられないぜ？」

ハイネックの服を着ているからわからなかったけれど、シャノンはヴィクトリアが魔導具化したチョーカーを、今日もつけていたらしい。

シャノンはチョーカーを首からはずし、祖父に見せる。

ヨシュアは軽く片眉を上げ、やってみい、と促した。

「わかった。ミュリエル、そこから動くんじゃないぞ？　――起動」

初めてのときよりも格段にスムーズに起動した魔導剣が、シャノンの手の中に現れる。

（……うむ。何度見ても、我ながらいい出来ですね！）

思わず、心の中でぐふっと笑ってしまう。

「いくら素体にオレの魔導石を使ってるからってなあ。これだけ完璧にオレに合わせたモンを作るって、やっぱすげえだろ……って、じーさん？　どうかしたか？」

訝しげに、シャノンがヨシュアを見る。ヨシュアは、ひどく驚愕した様子で孫の持つ魔導剣を凝視していた。

まるで、自分の見ているものが信じられないという表情で――そして、何度もそれが目の前にあることを確かめるように瞬きをした後、ヨシュアはかすれた声で言った。

「……小僧」

「は、はい？　なんでしょうか？」

ぴょっと跳び上がったヴィクトリアの背中に、リージェスの手のひらが触れる。

そのぬくもりにほっとしたのも束の間、ヨシュアの鋭い視線に射貫かれて、ヴィクトリアは泣きたくなった。

（や……やっぱり英雄さまは、ただのじじばかじゃありませんでしたーッ！　ごめんなさいごめん

なさいごめんなさいーっ!!）

「おぬし……この魔導剣の外観基礎術式を、どこで学んだ……？」

「ハイッ！　母の遺品の中に、似たような形式の剣がありました！」

ヴィクトリアは半泣きになりながら、ほとんど脊髄反射で答える。

すると、母の、とつぶやき、ヨシュアがゆらりと椅子から立ち上がった。

怖い。

怖すぎる。

「……御大。ヴィクトリアの作った魔導剣が、どうなさったというのですか？」

このド迫力のヨシュアを前に、リージェスはあくまでも穏やかに口を開く。もしかしたら、リージェスは恐怖という感情がすっぽり抜け落ちているのかもしれない——と、ヴィクトリアは半ば本気で思った。

だが、ヨシュアはそんなリージェスの言葉を無視し、ヴィクトリアを見据えた。

そして黙って近づいてきたかと思うと、彼は止める間も避ける隙も与えず、ヴィクトリアの眼鏡を奪い去った。

（……わー、さすがは英雄さま。現役を引退されても、まだまだご壮健でいらっしゃいますねー……。って、シャノンさまの前で素顔をさらすのは、とってもまずすぎなのですヨー!?）

ヴィクトリアは咄嗟に顔を伏せ、リージェスの背後に隠れようとする。

しかし、その前にがっしとヨシュアの手に頭を鷲掴みにされた。

ひとの頭を鷲掴みにするのは、皇都男性の伝統だったりするのだろうか。

それから、しばらく硬直するヴィクトリアの顔を凝視したヨシュアは、かすれた声で言った。

「……シャーロット殿下」

「は？」

ヴィクトリアの頭を離したかと思うと、ヨシュアはおもむろに彼女の前に跪いた。

「ご無礼つかまつりました。ヴィクトリアさま」

「……は？」

間抜けな声がヴィクトリアの口から漏れる。

ヨシュアは胸に手を当てたまま、静かに続けた。

「あの剣の外観基礎術式を持つものは、この世にひとつ。我が主、シャーロット・ローズ・ラナ・ギネヴィアさまに作りし『アスラ』のみ。そして、あなたさまのお顔――まさに、在りし日のシャーロットさまの生き写しでございます。あなたさまは間違いなく、このギネヴィア皇国先代皇帝の第一皇女、シャーロットさまの忘れ形見でございましょう」

「はぁ。そうなのですか」

ヴィクトリアは、そのとき思った。人間というものはパニックが限界値を突破すると、逆に冷静になるものなのだな、と。

それはともかく、国の英雄に跪かれて平気でいられるほど、ヴィクトリアの心臓は頑丈ではない。

立ってくださいとお願いしていいものかどうかもわからなかったので、とりあえず自分が床に膝

をついてみる。

「ヴィクトリアさま？」

驚いた顔になるヨシュアに、あのですね、とヴィクトリアは口を開く。

「まぁ……なんと申しますか。状況から判断して、わたしの母がそのシャーロット……えぇと、すみません、なんとか殿下である可能性が非常に高いのは、理解しました。ですけど、母はすでに亡くなっておりますし、それを証明することはやっぱりできませんよね？　顔は、似たようなものが世の中にみっつはあるといいます。母の遺品だって、どこかで拾ったり買ったりしたものがたまたま殿下の持ち物だったのかもしれないと言われたら、それまでですし」

ヨシュアがものすごく微妙な顔になる。

ヴィクトリアは彼に提案を持ちかけた。

「母は、腕のいい魔導具職人でした。わたしは母から、その技術以外は何も教わっていませんが、おかげさまで今後食べるに困ることもなさそうです。そういうわけで、ここはひとつ皇室に余計な火種をえいやと投げこむような真似は、ナシの方向でお願いしたいのです。いかがでしょう？」

何しろ、この国の皇室は幼い皇太子の命が日常的に狙われるほどの、恐ろしい場所なのだ。

母はとてつもなく本名が長いひとだったのか、それともやっぱりただの田舎の魔導具職人だったのか――そんなことはわからない。

けれど、ヴィクトリアとしては、どちらでもいい。

ただ、たかが面の皮一枚と母の形見のひとつやふたつで、そんな恐ろしげなところに放りこまれるのは、心の底から遠慮したいのである。

「……ヴィクトリアさま」

ヨシュアが、頭痛をこらえるような顔でうめいた。

「はい、なんでしょう？」

「恐れながら申し上げますが……そのお顔と、『アスラ』をお持ちというふたつが揃っていれば、証拠として充分です。あなたさまは間違いなくシャーロットさまのお子さまであると、城の誰もが信じることかと存じます」

そうなのか、とヴィクトリアは瞬きした。

それは困る。

「でしたら、ちょっともったいないですけど、母の形見は後で破壊しておきますね」

「ヴィヴィヴィ、ヴィクトリアさまー!?」

ヨシュアが声をひっくり返して叫んだ。ロマンスグレーの男性が狼狽するさまに、ヴィクトリアは目を丸くした。

「いやだって……そんな物騒なものは、さっさと処分しておくに限るかなーと思いまして」

「なりません！　あの『アスラ』を破壊するなど、断じてなりませんー！」

何やら、必死である。

こうまで頑強に抵抗されると、もともと、大切な母の形見でもあることだし、どうにもためらってしまう。

困ったなー、とヴィクトリアは少し頭を捻り――思いついた妙案に、おお、と手を打った。

「こうしませんか？　母の形見の剣は、ヨシュアさまに差し上げます。口止め料として」

ヴィクトリアの提案に、ヨシュアが固まった。

「…………は？」

ヴィクトリアはにこりと笑う。

「どこから入手したものなのか、今後一切他言しない、とお約束してくださるなら、わたしはあの剣をヨシュアさまに差し上げます。お断りになれば、破壊します。いかがなさいますか？」

沈黙が下りた。

額に汗をにじませながら、ヨシュアはかなり葛藤しているらしい。

その様子を見てそこまで悩むことだろうかと思っていると、リージェスの小さなため息が頭上で聞こえた。

「……ヴィクトリア。その……なんだ。あまり、御大を困らせるな」

「寮長さま？」

ヴィクトリアは首をかしげて見上げる。

リージェスはゆっくりとヴィクトリアのかたわらに屈んだ。

「いいか？　おまえにはわからないかもしれない。でも、騎士にとって主を失うことは、とてつもない屈辱なんだ。シャーロット殿下の騎士であったヨシュアさま方が、雪辱のためにどれほど多くの戦いに身を投じたと思う。その方々のおかげで、今の皇国の平和があるんだ」

淡々としているが、反駁を許さない声だった。

「ヨシュアさまがこうおっしゃる以上、おまえはシャーロット殿下のお子なんだ。なぜ殿下が南の地で、ひとりおまえを産み、育てていらしたのかはわからん。だが、おまえの存在が、ヨシュアさま方の救いになることは理解しろ。おまえは——殿下が戦で亡くなられていなかったことの、唯一の証なんだ」

「……はい」

反省してこくんとうなずくと、リージェスにぽんぽんと頭を撫でられる。

「とはいえ、いきなりそんなことを言われたところで、おまえも困るだろう。——御大。ここは、シャーロット殿下の形見の品を、御大におあずかりいただくということで妥協していただけませんか？　ヴィクトリアに持たせたままでは、いつ破壊されてしまうかと気が気ではないでしょう。そのかわり、この件については彼女の意思が定まるまで、他言無用でお願いいたします」

リージェスに妥協案を示されたヨシュアは、ほっとした顔になる。

「そうだな。私もヴィクトリアさまのお気持ちも考えず、少々性急に——彼女？」

ヨシュアがヴィクトリアを見て、またリージェスを見た。

「……彼女……だと？」

ヨシュアの問いに、リージェスは少し困ったような微笑をこぼす。

「はい。彼女です。——ヴィクトリア。ここまで来たら、黙ってはいられないだろう？」

「えぇと……そういうものですか？」

「ああ。ただでさえお困りの御大に黙っているのは、さすがにお気の毒だ」

真面目な口調で言われ、ヴィクトリアはそれもそうかと納得する。

それではと、ずっと無言で話を聞いていたシャノンに、ぺこりと頭を下げて謝罪した。

「今まで黙っていて申し訳ありませんでした、シャノンさま。それから、リージェスさまの別荘でお会いした折には帽子を拾ってくださいまして、ありがとうございます。あのときはラング家に無断で皇都から出てしまっていたので、後ろめたくてつい逃げてしまいました。ご無礼を重ねてお詫び申し上げます」

ついでに「今まで、愉快な妄想万歳な脳みその持ち主だと思っていて、ごめんなさい」と心の中で付け加える。

(だって……ホントに自分の母親がそんなご大層な身分だなんて、普通思わないじゃないですか)

とはいえ、母が皇女というのが本当で、自分の性別を彼らにバラすというなら、ここはきっちり謝罪しておかなければなるまい。

頭を上げると、シャノンは目をまん丸にして固まっていた。

それからしばらくして、やっと瞬きをしたかと思うと、ひく、と口元を引きつらせる。

「……リア?」

「え？　あ、はい。あちらでは、みなさまにその愛称で呼んでいただいておりましたね」

シャノンは別荘に数日滞在しただけなのに、よく覚えていたなと感心する。

そのとき、彼がぐらりとよろめいた。

ヨシュアの座っていた椅子に寄りかかり、片手でかろうじて支えた体を、ふるふると震わせる。

そんな彼を見て、ひとつため息をついたリージェスがやけに平坦な声で言葉を向けた。

「だから言っただろう。おまえがばかで楽しい、と」

「……リージェス。オレは今、自分のピュアな部分が儚く砕け散る音を聞いているところなのです。そんなときに容赦なく追い打ちをかけるのは、ひととしてとってもどうかと思います」

「そうか。すまない」

全然悪いと思っているとは聞こえない声で、リージェスは謝罪する。

そして、何が何やらと困惑しているヴィクトリアに柔らかく笑いかけた。

「大丈夫だ。シャノンは少々思いこみが激しくてな。いろいろと突っ走って自爆するのは、いつものことなんだ。おまえが気にすることは、何もないんだよ」

「そうなのですか。わかりました」

ヴィクトリアが素直にうなずくと、またリージェスが頭を撫でた。

やっぱりリージェスに頭を撫でてもらうのは気持ちがいいな、とヴィクトリアは頬をゆるめる。

そこに、地の底から響くような声がした。

ヨシュアである。

「……ヴィクトリアさま。あなたは……か弱い女性でありながら、あの『楽園』に入られた、と……？　拳と拳での会話が日常茶飯事な野郎どもの集う、むさ苦しい学舎に……？」

（ひいいいいぃいいいいいっ⁉）

何やらヨシュアは怒り狂っていた。

背後から、ずごごご、という音まで聞こえてきそうだ。

そのとんでもないド迫力に仰け反ったところを、リージェスに受け止められる。

ヨシュアはリージェスに向かって、くわっと目を見開いて雷を落とした。

「リージェス!! おまえはヴィクトリアさまが女性と知っていて、しかも寮長という責任ある立場にいながら、なぜそのことを『楽園』に報告しなかったー!?」

びりびりと部屋中の空気が震えるような大喝である。

ヴィクトリアは一瞬、気が遠くなりかけた。

リージェスはヴィクトリアを支えたまま、困り顔で言う。

「そうおっしゃいましても……ヴィクトリアが入学しているということは、『楽園』側が問題ないと判断したからではないのですか。『楽園』は女子の入学も認めておりますし——彼女がなんの規則違反もしていない以上、私が教師連に報告すべきことはありませんでしたので」

リージェスの言い分に、ヨシュアはひくっと顔を引きつらせた。

彼が大きく息を吸うのを見て、ヴィクトリアはすばやく両手で耳を塞ごうとしたのだが——

「まったく、これだから融通の利かないカタブツは!! 『楽園』の規則に違反しておらずとも、男子寮に女性がいる時点で、十二分に常識に反しておるわ! そもそも、ヴィクトリアさまはこのナリで『楽園』の入学審査に赴かれたのだろう!? 誰だろうと少年だと思いこむに違いないわ、このド阿呆がー!!」

（み……耳が痛い……）

――残念ながら、痛み止めのせいで動きが鈍（にぶ）くなっている左腕では、きちんと耳を塞（ふさ）げなかった。

無念。

第七章　優しいひと

「ヴィクトリアさま、ヴィクトリアさま。ご覧になってくださいな。あちらに可愛らしいお花が咲いておりますわ？」

「はぁ……そうですねー……」

とっても可愛らしいミュリエルとともに、可憐な秋の花々が咲き乱れる庭園を散策する。ヴィクトリアは、今日も死んだ魚のような目でどんより鬱々としていた。

そんな状態なのは、暖かい南の田舎育ちのヴィクトリアに、ここ最近の風の冷たさが少々つらく感じるからではない。

『楽園』生活が終わってしまったせいだ。

まだまだお子さまで基本的に常識が足りないヴィクトリアと、お坊ちゃま育ちであるがゆえに微妙に世間一般の常識からずれていたリージェス。

ふたりが揃った結果、ヴィクトリアの『楽園』生活は成立していた。

それが、常識のあるヨシュアの一声により、あっさりと終わりを迎えてしまったのである。

ヨシュアは、実に仕事が早かった。

あれからすぐ、このような不祥事がバレては『楽園』の威信に関わると、ヴィクトリアを「一身上の都合により」退学させる手続きを取った。そのまま、寮に持ちこんでいたわずかな荷物をあっという間に回収して、ラング家に移してしまったのだ。

あまりの早業に、文句をつける隙などなかった。

自分の意向を丸ごと無視されたヴィクトリアは、思わず母の形見をヨシュアの目の前で破壊したくなってしまった。

だが、すんでのところで、リージェスとシャノンにふたりがかりで止められた。

リージェスに羽交いじめにされたヴィクトリアの手から、シャノンによって救出された首飾り。魔導剣の待機形態であるそれを手にしたヨシュアは、青ざめながら涙ぐんでいた。器用なことである。

彼がイケメンなじーさまでなければ、心をこめてハゲの呪いをかけてやったのに。残念だ。

ヨシュアに『楽園』を退学させられたヴィクトリアは、今後の生き方を決めるまではラング家に居候することになった。

当然のことながら、はじめのうちは思いきりむくれた。

しかし、自分の常識のズレ具合を反省したリージェスに諭された。

ほかにどうしようもないと理解したヴィクトリアは、しばらくの間おとなしくラング家に厄介になることにしたのだが――

(ふ……こんなレディ教育が待ち受けているなんて、誰も教えてくださいませんでしたよね……。ふ、ふふふふふ)

——こんなことなら、『楽園』で試験とどつき合いの日々を送っていた方がまだマシだ。

最初にレディらしい装いをさせられたときは、大騒ぎだった。

骨にひびが入って、青黒く腫れ上がった左腕。

皇太子殿下が襲撃されたときに打ちつけた背中には、内出血がまだ大きく残っていた。

お着替え担当のメイドさんたちは、それらを見て揃って盛大な悲鳴を上げてくださった。

そのため、傷が完治するまではコルセットやハイヒールは免除されることになった。

今は、『楽園』で学ぶものとはまったく違う、貴族や皇女についてのわけのわからない知識を毎日のように詰めこまれている。

そんなこんなで、ヴィクトリアはすっかり干物になりかけていた。

週末に様子を見に来てくれるリージェスとシャノンに、愚痴る元気もないほどである。

たまの休憩時間には、こうしてミュリエルが息抜きに誘ってくれることもある。

だが、ここまで精神的に疲弊していると、残念ながら萌えもわいてこないものらしい。

しかも、精神的にはへろへろなのに、毎日マナーの勉強がてらいただいているおいしい食事のおかげだろう。体の傷はすっかりよくなってきている。

そのこと自体はとってもありがたいのだが、もし体が完全に回復したらと思うと恐ろしい。

非常に苦しくて、ときには気絶してしまうこともあると噂のコルセットや、靴擦れと捻挫の温床であるハイヒールの洗礼が待っていると思うと、嬉しくない。

かつて読んだ少女向け物語で、ヴィクトリアはそういった貴族社会の女性の苦行を学んでいた。

近い将来に起こりうるあれこれを想像するだけで、とってもアンニュイな気分になる。

ヴィクトリアがはあああぁ、とため息をついたとき、風に揺られた銀の髪がさらりと舞った。以前作ったカツラである。

もう必要ないので、髪を染めるのはやめた。

髪が伸びるまでは、以前リージェスの別荘に行くときに作ったカツラをつけるようにと言われている。今後、女性らしい格好をするためらしい。

それくらいのことは、別にどうということはない。

けれど、このラング家に来てからのひと月あまりで、ヴィクトリアは貴族階級の女性たちが、どれほどの努力の末にウフフオホホな優美さを手に入れているのかを実感した。

今では、彼女たちに心から尊敬の念を抱いている。

(こーゆーレディ教育の必要な世界で生きていく予定なんて、ないのですけどねー……。それでも、後見人に「そうしなさいネ」と言われたら、従うしかない未成年のタダ飯食らい。そんな自分が、わたしはとっても悲しいです)

切なくなって、ヴィクトリアがふっと遠くを見ると、ミュリエルが可愛らしく小首をかしげて見上げてきた。

そういうことは、シスコンのお兄さまにしてあげるべきだと思う。

「ヴィクトリアさま?　お加減が悪いのですか?」

彼女は心配そうに聞いてくる。

こんな小さなレディに気を遣わせるのは、さすがに申し訳ない。

ヴィクトリアはゆるりと首を振った。

「いえ。少し、友人たちのことを思い出しておりました」

「まあ。どんな方々でいらっしゃいますの？」

ミュリエルは興味深そうに聞いてくれた。

けれど、まさか「巨乳とエロトークの大好きな筋肉系男子たちです」と、本当のことを言うわけにはいかない。

ヴィクトリアは内心のひそかな動揺を、にっこり笑ってごまかした。

「とても楽しい方たちですよ。……ただ、きちんとお別れのご挨拶をすることができなかったので、それが心残りで」

何しろヨシュアは、ヴィクトリアが『楽園』に戻ることを、一切許してくれなかったのである。

せめてランディたちには、一言くらい世話になった礼を言いたかった。

だが、そんなことを言い出す隙などなく、何もかもあっという間に片付けられてしまった。

自分の痕跡はすべて、『楽園』から消し去られた。

ヴィクトリア・コーザという落ちこぼれの生徒は、まるで最初から存在しなかったかのように。

……楽しいことばかりではなかったし、いやなことだって数えきれないほどたくさんあった。

けれど、あそこは自分が、リージェスやシャノン、ランディたちと出会った場所なのに。

沈んだ表情のヴィクトリアに、ミュリエルは何度か瞬きをして、にこりと笑った。

「それでしたら、お手紙を書かれてはいかがでしょうか？」

「……はい？」

ミュリエルは、細い指先を軽く合わせ、さらに言った。

「お別れのご挨拶（あいさつ）がないままなのですよね。ヴィクトリアさまのお友達の方たちも、きっとご心配なさっておりますもの」

（……いえ別に、心配はしてないかなーと。わたしの荷物を回収したのがラング家だとは伝わってるだろうから、ちょっと驚いてはいるかもしれないけど）

とはいえ、手紙というのはいいかもしれない。

会うにしても、この姿ではランディ以外のクラスメートたちには、『落ちこぼれのヴィクトリア』だと信じてもらえないだろう。

しかし、顔の見えない手紙ならば問題ない。

そんな話をして、ランディに手紙を書いた次の週末のことである。

午後、様子を見にきたリージェスとシャノンは、引き続きどんより鬱々（うつうつ）としていたヴィクトリアに、朗報をくれた。

そろそろ、息抜きに外出してもいいという。

「ほ……本当ですかッ!?」

思わず声をひっくり返したヴィクトリアに、ふたりはしかつめらしい顔でうなずいた。

リージェスは、わずかに眉を寄せて口を開く。

「もう外出しても問題ないと、医者が言っていたからな。……ただ、一応言っておくがな、ヴィクトリア。その左腕も背中も、世間一般では立派な重傷だったんだ。痛み止めを過信して動き回れば、治りが遅くなるだけだ。具合の悪いときに、平気な顔をするのはもうやめろ。いいな？」

「はい！　わかりました！」

外出のお許しにすっかり嬉しくなって、ヴィクトリアは満面の笑みでいい子のお返事をする。

リージェスは小さく息をついた。

「……ちゃんと聞いてるのか？」

「聞いていますとも！　毎日毎日、刺繍（ししゅう）にお絵かき、お茶を飲むときのカップの持ち方。わけのわからない詩の暗唱の後にはお歌の訓練をさせられ続けて、ひと月です！　頭がぱーんと破裂（はれつ）しそうになっておりますけれど、耳はまだちゃんと聞こえています！　今後もこの生活が続いた場合、ノイローゼにならない自信はこれっぽっちもありませんが、今のところは健康体です！」

えっへん、と胸を張ってふんぞり返ったヴィクトリアに、リージェスはにこりと笑った。

「そうかー。えらいぞー？　――シャノン？」

「はいぃ!?」

そのとき友人を振り返ったリージェスがどんな顔をしていたのか、ヴィクトリアからは見えなかった。ただ、聞こえた声は地を這（は）うように低かった。

「御大（おんたい）は、一体、何を、されているんだ？」

「オ、オレが知るかーっ！　……あぁぁああっ、すまんすまんすまん！　ごめんなさい！　浮かれてちょっぴり暴走しちゃってるかもしれないじーさんには、ほどほどにするよう、オレからきちんと言っておきます！」

顔を引きつらせてわめいていたシャノンが、途中からリージェスにへこへこ頭を下げだした。

リージェスはえらそうに、そうか、とうなずく。

ヴィクトリアは目を丸くした。

「リージェスさま？　シャノンさま？」

ヴィクトリアを見たリージェスは、いつも通りの穏やかな笑顔で言った。

「すまないな、ヴィクトリア。御大（おんたい）がシャノンの祖父だと、うっかり忘れていた」

「その言い方は、ひどくねえ⁉」

シャノンがふたたびぎゃあとわめいたけれど、久しぶりの外出許可に浮かれたヴィクトリアはさらりと流した。

いそいそと自室に戻り、手早く身支度（みじたく）をととのえる。

ラング家で与えられたドレスやコートは、どれも高そうだ。

最初は触るだけでびくびくしていたのだが、そういった恐怖感も慣れれば麻痺（まひ）してしまうものらしい。それはそれで怖くもあるが、とりあえず今は気にしないでおく。

選んだのは、秋物の柔（やわ）らかな素材のアイボリーのコート。

胸元に飾（かざ）られた焦げ茶色のリボンも可愛らしく、羽織（はお）っているとなんだかお姫さま気分になってしまう。

ヴィクトリアの社会的身分はあくまでも平民なので、やっぱりなんだか居心地が悪い気もするのだけれど。

（やっぱり、メイド服くらいが気楽なんだけどなー……。そういえばヨシュアさま、まだあっちで母さんがどんな風に暮らしていたか調べてるのかな）

この屋敷に来たばかりの頃、ヨシュアからあれこれと両親のことを尋ねられた。

だが、ヴィクトリアが知っているのは、田舎町の小さな店で生活魔導具を作って暮らしていた母の姿だけだ。

そもそも、ヴィクトリアは自分が生まれる前のことに興味はなかった。

七歳のときに亡くなった父のことで覚えているのは、自分と同じ銀髪だったことと名前くらい。

そんな乏しすぎる情報では、「シャーロット皇女殿下の筆頭騎士」であったヨシュアは満足できなかったのだろう。彼は現在、ヴィクトリアの故郷である南の地へ主の墓参りに行っている。

そのついでに、母の足跡をあれこれ調査中なのである。

ヨシュアの気持ちは、なんとなくわからないでもない。

けれど、町のごろつきに絡まれたときには、問答無用で相手の股間を蹴り潰していた母の笑顔が、ヴィクトリアの頭に浮かぶ。

ほかにも数えきれない母の武勇伝を知って、ヨシュアが落ちこんでいないといいなと思う。

ヴィクトリアの衣食住をすべて世話してくれている彼には、心から感謝しているのだ。……一応。

それから、ラング家の馬車に乗って外出した。

シスコンのシャノンはミュリエルと兄妹水入らずの時間を過ごすらしく、同行してくれたのはリージェスだけだった。

「あの……リージェスさまたちは、お忙しくはないのですか？」

今まで自分のことでいっぱいいっぱいで、こうして気遣って会いに来てくれる彼らのことを考える余裕がなかったのだ。

なんだか申し訳ない気分になりながら言うと、リージェスは小さく微笑を浮かべた。

「ああ。最近は、寝坊して遅刻する生徒もいないからな。至って気楽だ」

「……っ」

リージェスはヴィクトリアの黒歴史をピンポイントで突いてきた。顔を引きつらせたヴィクトリアに、彼はくっくっと肩を揺らして笑った。

「シャノンはどうか知らんが、オレは卒業に必要な単位はすでにすべて取っている。それに、卒論の提出も終わっている。つまり、暇だ」

さすがは、成績優秀で品行方正な寮長さまである。

ヴィクトリアは若干、いじけかけた。

それは少し尾を引いたが、馬車で連れていかれた小さな公園に佇む人物の姿を認めた途端、すべて吹き飛んだ。

「ランディ！　うわー、お元気でしたか!?」

「……おぉう」

ぱっと笑顔になって駆け寄ったヴィクトリアに対し、制服姿の元クラスメートは、なんだか複雑そうな顔をした。

「ランディ？　どうかしましたか？」

ランディはふっとどこか遠くを見た後、しみじみとため息をついた。

「いや。気にするな。今、おれの脳内で、『ひとを見かけで判断しちゃあいけませんヨ』という素敵な言葉が、くるくると華麗にピルエットしているだけだから」

「……なんだか、とっても失礼なことを言われているような気がするのですが」

半目になったヴィクトリアだったが、ランディはそれにはかまわず、リージェスに礼儀正しく挨拶した。

「リージェスさま。お手数をおかけしてしまい、申し訳ありません。こいつのことですから、どこに行っても図太くたくましくやってるのだろうとは思っていたのです。しかし、手紙があったとはいえ、突然あんな風にいなくなられては、少し気になってしまったもので」

リージェスは小さく苦笑した。

「おまえたちは、親しい友人だったのだろう？　それがラング家にいきなり拉致されたとなれば、気になって当然だ」

詳しいことはよくわからない。

けれど、どうやらランディと会えたのは、彼がリージェスにかけ合った結果らしい。

嬉しくなったヴィクトリアは、にへらと頬をゆるめた。

「わたしのことを心配してくださったのですか？　ランディ」

ランディは真顔でうなずいた。

「ああ。おまえとこのまま連絡が取れなくなったら、ノアの調子が悪くなったときに困るからな」

「技術目当てですかー!?」

がーん、とよろめいたヴィクトリアに、ランディはすちゃっと片手を上げた。

「大丈夫だ。おまえのことをリージェスさまやシャノンさまと話しているときに、うっかりノアを作ったのがおまえだったと気づいてしまったばっかりに、問答無用で口外禁止の誓約書にサインさせられたことなんて、おれは全然まったく、これっぽっちも気にしていないから」

「……口外禁止？」

首をかしげてリージェスを振り返ったヴィクトリアに、彼はにこりと笑った。

「おまえがあれだけ複雑な術式を組みこんだ魔導具を作れることは、あまり公にすべきではないからな」

「あ……ありがとうございました」

ヴィクトリアは、慌てて礼を言った。

そういえば在学中、ノアを作ったのが自分だということはごまかしていたのだった。そのあたりに関しては、すっかり気が抜けていたなーと反省していると、ランディが小さく息を吐いた。

「まぁ……なんだ。元気そうで、安心した。つーかおまえ、そんなカッコしてるとマジでいいとこのお嬢ちゃんみたいだな。——指さして笑っていいか？」

「なぜ!?」

声をひっくり返したヴィクトリアに、ランディは拳をあごに当ててしみじみとうなずいた。

「いや、ここまで見た目と中身の合致しない不思議なイキモノと遭遇した場合、笑っておくべきかなーと」

「ひとを珍獣のように言わないでください！」

ぎゃあ、とわめいたヴィクトリアに、ふたりが笑った。

それから移動したオープンカフェで、リージェスとランディは最近の『楽園』の様子をあれこれと教えてくれた。

クラスメートたちも相変わらず元気にやっているらしく、ヴィクトリアはほっとした。

ヴィクトリアがいきなり退学してしまったことについては、納得ムードなのだという。

何しろ『楽園』の必須授業である戦闘実技で、あれだけ情けない有様だったのだ。

「あー……やっぱり」な雰囲気で、周囲に騒がれることもなかったそうだ。

「おまえ、座学だけはいっつも首席だっただろ？　だから、下手に戦闘実技をやらせてけがで再起不能になるよりは、ラング家で座学中心の個人授業を受けた方がいいだろうって話を聞いて、みんなふつーに納得してた」

「……なるほど。亀の甲より年の功というのは、あながち間違いではないのですね」

ヴィクトリアの『楽園』での評価をきちんと把握した上での、なんとももっともらしい理由づけである。

実際には、ヨシュアの選んだ家庭教師に、将来役に立つのかどうかまったく不明なアレコレを叩きこまれているのだけれど。

ヴィクトリアは、思わず半目になってうなずいた。

リージェスが小さく息をついて口を開く。

「ヴィクトリア。御大(おんたい)に『楽園』を退学させられたことを、不満に思っているのはわかるが……。オレも、今年度の終わりには、何か適当な理由をつけて退学した方がいいと思っていたぞ」

ヴィクトリアは驚いて目を丸くした。

「どうしてですか？　リージェスさま」

リージェスは、淡々とした口調で言う。

「オレは、もうすぐ卒業だ。そうなったら『楽園』内で何かあっても、もうフォローしてやることはできないからな」

「……ちなみに、次の寮長(りょうちょう)さまは」

「恐らく、シャノンだろう」

そうですか、とつぶやいたヴィクトリアは、がっくりとうなだれた。

心が折れる音が、聞こえた気がする。

そこでふと、ランディが何かを思い出したようにこちらを見た。

「そういや、ヴィッキー。この間、おまえと行った店にノアを連れていったんだけどさ」

突然の話題に、ヴィクトリアは瞬きした。

「どうして、ノアを連れていったのですか？」

「ん？　あいつの新しいリボンを買おうと思って」

「……そうですか」

どうやらランディは、順調に可愛いものスキーの道を邁進しているようだ。

そーかそーか、うちのコは本当にいいご主人にめぐり会えたようで何よりですね、と心の中でうなずく。

「それは置いといてだな。――そんときおれ、店を出たとこで変なおっさんに絡まれたんだよ」

ランディはわずかに声のトーンを落とした。

「変なおっさん？」

首をかしげたヴィクトリアに、ランディはああ、とうなずいた。

「なんか、この国のヤツじゃないっぽかった。着ていたのは、その辺で売ってる服だったけど、全然なじんでなかったし。濃いめのサングラスに無精ひげ生やして。おまけに、あからさまに軍属のにおいがすんのに、話し方なんかはやたらと丁寧で品がよくてさ」

「……聞いているだけでも、ものすごくあやしげなひとなのですよ？」

ランディは軽く顔をしかめた。

「おうよ。そのあやしげーなおっさんが、食らいつきそうな勢いでノアを見て『これを作った少女は、今どこにいるんだ!?』って」

ヴィクトリアは目を丸くした。

確かに、魔導具は作製した者の個性が出るものだ。

見る者が見れば、魔導具の基礎回路に組みこまれた魔力の波長から、その製作者の技術レベルや経験値だけでなく、性別や年齢まである程度推測できるらしい。

だが、ヴィクトリアは今まで、作った魔導具を売りに出したことはない。自分で使っているものを除けば、すべて顔見知りにプレゼントしている。

外国人のあやしげなおっさんが、なぜノアを見てそこまで過剰な反応をしたのだろう。

もしや、外国ではいい年をしたおっさんにも、可愛いものスキーがいるのだろうか。

確かに趣味はひとそれぞれだとは思う。

けれど、人前で愛くるしい仔猫型の魔導具にきゅんきゅんときめく姿を披露するのは、ミュリエルのような可愛らしい少女だけにお願いしたいところだ。

さすがに、胡散臭いおっさんに、タダで魔導具を作ってあげる気にはなれない。

ヴィクトリアがそんなことを考えていると、リージェスが、すぅ、と目を細めてランディに聞いた。

「それで、おまえはなんと答えたんだ？」

「え？　そのときはまだ、ヴィッキーがノアを作ったなんて知りませんでしたから。友人からもらったものなので、製作者まではわかりませんと言ったら、おっさんは滅茶苦茶がっくりしてました」

「……そうか。その男の特徴を、ほかには何か覚えていないか？」

リージェスの問いに、ランディが思案顔になる。

それからヴィクトリアの方を見て、何かに気づいたように瞬きした。

「あ。そういや、あのおっさんも銀髪でしたね。顔はサングラスでよくわからなかったんですが、背丈はリージェスさまよりちょい高いくらい。それから——」

そこで、ランディが珍しく、言いよどむように黙る。

リージェスに視線で促され、思いきったように口を開く。

「——多分、なんですけど。あのおっさん、かなりデキる奴だと思います。少なくともおっさんとガチで勝負したら、おれは瞬殺です。それだけは、間違いありません」

他人に負けることをよしとしないお年頃の少年に、ここまで言わせるとは、驚きだ。

だが記憶のどこを探ってみても、ヴィクトリアにはそんな不審人物に心当たりはない。

よくわからないものの、見ず知らずの他人に探されているというのは、なんだか気持ちが悪いものである。

(母さんの素性を知ってるのは、今のところラング家のひとたちとリージェスさまだけだから、そっち関係でもないいんだろうし……。っていうか、そもそも外国に知り合いなんていないないし)

ヴィクトリアは、むー、と眉を寄せた。

ひと通り不審なおっさん情報をリージェスに語り終えたランディが、時計に目を落とす。

それから立ち上がってヴィクトリアに向き直ると、軽く右手を差し出した。

「じゃあおれ、そろそろ課外授業はじまるから、帰るわ。元気でな」

そういえば、平民の『楽園』生徒は、休日でも魔導具の訓練のために課外授業を受けているのだったか。

「はい。ランディもお元気で」

立ち上がって握手をすると、ひょいと肩をすくめたランディはいたずらっぽくにやりと笑った。

「おまえさ、今度そのナリで『楽園』に来てみねえ？　クラスの連中がどんな反応するのか、超見てみてーんだけど」

ヴィクトリアは、首をかしげた。

「そういったいたずらは、わたしも大好物です。でも、『楽園』は基本的に、部外者の立ち入りは禁止されているのではありませんでしたか？」

そう言うと、ランディは少し不思議そうな顔をする。

「あれ、聞いてねえの？　もうすぐ学祭があんだけど」

ヴィクトリアはおののいた。

「またあんな、恐怖の筋肉祭があるのですか!?」

左腕の骨にひびを入れられたあの祭は、若干ヴィクトリアのトラウマになっているのである。

ランディが半目になった。

「筋肉祭って、おまえなぁ……違うって。あれは武術大会。今度のは、各クラスで食い物屋とかイベントとかやって家族や客を呼ぶ、ふつーの祭。ちなみにうちのクラスは、故郷の味に飢えた平民連中の胃袋を鷲掴(わしづか)みにすることを目的とした、食い物屋だ。濃(こ)いめに味付けした肉と野菜を、薄く焼いた生地(きじ)でくるんだやつと、串焼きな」

「そうなのですか……」

誤解が解けて神妙(しんみょう)にうなずいたヴィクトリアは、そっと両手を組んでリージェスを見上げた。

「……リージェスさま」

「……わかった。連れていく」

おねだりポーズは、有効だった。

ランディが『楽園』に戻っていくと、リージェスは小さく息を吐いた。

（あ。完全無欠の寮長(りょうちょう)さまモード、解除ですか？）

ランディがいる間は、リージェスのまとう空気が『楽園』にいたときの、冷(ひ)ややかでまったく隙(すき)のないものだった。

実は、ちょっぴり居心地が悪かったのである。

あの凛(りん)とした、そばにいるだけで背筋が伸びるような雰囲気も、嫌いではない。けれど、やっぱりこちらの優しい方がずっといい。

何しろ、ヴィクトリアの正直すぎる手は、無表情な彼の顔を見ているとうずうずするのだ。本人の意思を無視して、いきなり「えいっ」と彼の脇腹をつついてしまいそうになる。

『楽園』をやめて、周囲の目を気にしなくてよくなってからというもの、どうやらその衝動(しょうどう)は随分(ずいぶん)パワーアップしていたようだ。

先ほどから、わきわきする手をかろうじて抑えていたヴィクトリアは、ほっとした。

「……ヴィクトリア。どこか、行きたいところはあるか？」

耳に心地よい穏やかな声に、ヴィクトリアの手は完全におとなしくなった。

しかし残念ながら、ヴィクトリアが皇都で知っているのは、『楽園』近くの繁華街とラング邸だけである。

行きたいところと言われても、咄嗟には出てこない。

困ったなーと思っていると、リージェスが小さく笑った。

「今、隣町サーカスが来ているらしいんだが」

「……っ行きたいですっ！」

そうして連れていかれたサーカスは、ヴィクトリアの想像を遥かに超える華やかさだった。

驚くほど器用な獣に、同じ人間とは思えない技量を持つ演者たち、見る者の度肝を抜く舞台装置。

こんなにわくわくするものを見たのは、生まれて初めてだ。

「リージェスさま、リージェスさま。リージェスさまとシャノンさまも、あのひとたちみたいに空中ブランコや玉乗りやナイフ投げはできますか？」

「……おまえはオレたちに、一体何を期待しているんだ」

萌えである。

彼らのようなイケメンが華やかな舞台で素敵な曲芸を披露したら、女性客はさぞ大喜びすることだろう。……しかし、男性客はあんまり入ってくれないかもしれない。

やっぱり曲芸は、愉快な扮装をしたピエロやマッチョな肉体美を誇るサーカス団員に任せるべきエンターテインメントなのだろう。

拍手喝采の中で幕を下ろしたサーカスの余韻を抱えて外に出ると、大分日が落ちていた。

サーカスのテントが張られている広場を、コートの襟を立てたひとびとが足早に歩いている。

その中心で、華麗な装飾を施された大きな噴水が、きらきらと夕日を受けて輝く。

サーカスを見てテンションが上がりまくっていたヴィクトリアは、その美しさに思わず小さく歓声を上げて駆けだした。

南の故郷では、生活用水に困ったことこそなかった。けれど、ひとの目を楽しませるために大量の水を使うというのは、まずあり得なかったのだ。

季節が夏であれば、日が落ちかけた時間でも大勢のひとがいるのだろう。しかし、水面に色づいた葉がいくつも落ちている今、そこに集うひとはいなかった。

「リージェスさま！　すごいです、きれいです！」

「……ああ。そうだな」

ひとり占め状態の噴水のそばで振り返る。

そのとき、リージェスの黒髪が秋風に誘われてさらりと舞った。

ヴィクトリアは、心の中でぐっと親指を立てた。

（おぉう……イケメンというのは、立っているだけでも実に目に楽しいものですね！　リージェスさま、ありがとうございますごちそうさまです！）

黄昏色に染まる広場で、かっちりとした黒いロングコートを羽織って静かに佇むリージェスの姿に、思わず見とれる。

ヴィクトリアは可愛いものも大好きだが、美麗なイケメンも大好物なのである。

ラング家でのレディ教育は、本当にいやになるほど疲れ果ててしまうものだ。

だがそのかわり、ご褒美としてこうしてイケメンなリージェスに息抜きに連れ出してもらえるのなら、そう割の悪い話ではないのかもしれない。

内心ぐふっと笑いながら、手すりつきの短い階段を上り、噴水を囲むブロックの上に立つ。

少しだけ視界の高くなった世界は、それだけでいつもとはまったく違って見えた。

風に乗ってきらめく細かな水滴が、火照った頬を優しく冷やしてくれる。

……いろいろと考えなければならないことや、めんどうなことがたくさんあるものの、こうして太陽の光や水の美しさを感じられるうちは、きっと大丈夫だ。

毎日おいしいご飯を食べられるし、ふかふかのベッドで眠ることができている。なのに、今の状況に文句を言ったらバチが当たるのだ。

けれど――

(……かーさーん……。リアは今日も元気です。元気ですけど、たまに「うにゃあああああー!」と叫んで、どこかに逃げ出したくなるのですよー……)

――わからない、から。

自分がどうしたらいいのか、まるでわからないから、ヴィクトリアはときどき無性に怖くなってしまう。母親の出自や血筋、ヴィクトリアにはどうしようもないことで、周囲のひとびとが大勢動いている。

そんなのはやめてほしいと、全部なかったことにしてほしいと願っても、どうにもならない。

……結局、自分はどこまでも無力で、周囲に流されることしかできない子どもなのだ。そう思い知らされるのが、怖い。

(うー……やっぱり、ヨシュアさまに「母の形見は差し上げますので、探さないでください」って置き手紙をして、トンズラしちゃおうかなー。……って、そんなのムリですよねー……。男の子の姿だってバレてるから、きっとすぐに見つかっちゃうのですよ。ふふふのふ)

母の形見は、ヴィクトリアにとってはただの飾りだ。

大切なのは……自分が本当に大切にしなければならないと思うのは、母と過ごした幸せな時間。

そして、ともに積み重ねてきた、さまざまな思い出だ。

あんなちっぽけな剣なんかじゃない。

なのにあの飾りのせいで、優しくてたくましくて誰よりも自分を愛してくれた母との大切な記憶が、「シャーロット皇女殿下」という見知らぬ女性に奪われてしまったような気がする。

たかが装飾品で自分の人生が左右されるなんて、ものすごく理不尽だ。

できることなら、今からでも粉々に破壊してやりたい。

――だが、そんな八つ当たりめいたことをして、この皇都をひとり逃げ出しても仕方ない。あっという間に食うに困って行き倒れるのは、目に見えている。

せっかく、リージェスのおかげで浮上していた気分が、またどんよりとしてしまった。

やっぱり疲れているのかなー、とヴィクトリアが小さくため息をついたときである。

(……ふえ?)

ふわりと、温かな空気に包まれた。

背中に感じる自分より少し高めの体温と、ウエストのあたりにゆるく回された長い腕。

「……気をつけろ。この季節に水に落ちたりしたら、風邪を引くぞ」

少しあきれた声が聞こえて、ヴィクトリアはリージェスに背後から抱きこまれたことに驚くより先に、なんだか泣きたくなってしまった。

温かくて——あんまり、温かくて。

どうしてこのひとは、こんなに優しくしてくれるんだろう。リージェスはいつもいつも、自分が困ったりつらかったりするときには、優しく手を差し伸べてくれる。

彼にあんまり甘えてはいけないと思うのに——

(うー……)

涙腺がゆるみそうになるのを、唇を噛んでこらえる。

体の前に回されたリージェスの腕が、わずかに強くなった。

「ヴィクトリア。オレは……以前おまえに、えらそうなことを言っただろう」

「……えぇと、どれですか?」

思い当たる節が結構あって、どれを指すのかわからなかった。

告げられた言葉に首を捻ると、短い沈黙が下りた。

それから小さく、いや、とつぶやいたリージェスが、気を取り直したように続ける。

「初めて、まともに話をしたときだ。——オレたちには、『楽園』で学んだことを将来国民のために生かす義務があるんだ、と言っただろう」

（あ、それでしたか）

あの頃は、いつも無表情で無駄にえらそうなリージェスを怖がって、敬遠してばかりだった。

それを考えると、いつの間にか彼がこんなにも優しく甘やかしてくれるようになったことを、なんだか不思議に思う。

（そういえば、夏の別荘でシャノンさまに会ったときも「お母さんかッ！」って思ったんでした。……きっと、基本的に年下に甘い、お兄ちゃん体質なんだろうなぁ）

彼は幼い頃から、ずっとシャノンと兄弟のように過ごしていたのだ。

……あんな手のかかる弟分がいつもそばにいたなら、確かにお兄ちゃんを通り越して世話焼きなお母さんになってしまうかもしれない。

ヴィクトリアがひそかにリージェスに同情していると、彼の声が少し、低くなった。

「あのときは、本当にそう思っていたんだ。——オレはほかに、何も知らなかったから」

「……リージェスさま？」

その声に自嘲じみたものがまじっているように感じて、ヴィクトリアは戸惑う。

「ずっと、それが当たり前だと思っていたんだ。『楽園』に入学することや、そこでいい成績を取り続けること。卒業したら皇国軍に入って、いずれ家を継ぐことも」

それはきっと、彼が幼い頃から父親に言われ続けていたことなのだろう。

――母親が目を背けるほどに厳しく、虐待まがいのやり方で彼を育て続けてきた、父親に。

そう思い至った途端、胃が焼けるような不快感がこみ上げる。ヴィクトリアはぎゅっと唇を噛んだ。

けれど、それから続けられたリージェスの言葉は、柔らかく落ち着いたものだった。

「だが、不思議だな。本当に欲しいものができたら、そんなことは全部どうでもよくなった。――いや、少し違うか。全部、利用してやろうと思えるようになった。今まで周りから自分に押しつけられてきたものを、全部」

「利用……ですか？」

ああ、と答えるリージェスの声が、その吐息が、耳に触れる。

「そんな風に思えるようになってから、前よりずっと楽になった。……おまえのおかげだ。ヴィクトリア」

「……え？」

「おまえはいつだって、ひとりで生きるために必死にがんばっていただろう。そんなおまえを見ていたら、ずっと周りの言うことに従うばかりで、何一つ自分の意思で選んだことのない自分が、ひどく恥ずかしくなった。……おまえに会えなかったら、きっとオレは、そんな情けない自分に気づくことさえなかったんだ」

——何か言いたいのに、言葉を返したいのに。喉が震えて、まるで言うことを聞いてくれない。

「……リア」

「は……い」

「オレは、おまえのご両親に感謝している。おふたりのおかげで、オレはおまえに会えた」

——胸が、痛い。

「夏の休暇が終わったときに、言っただろう。何か困ったことがあったら、いつでも連絡しろと。おまえが望むなら、オレはどんな手を使っても必ずおまえを助けてやる。……少しは、信じろ。おまえは、もう——ひとりなんかじゃ、ないんだ」

「……っ」

限界だった。

こんな風に優しくされて、欲しくてたまらなかった言葉を与えられても耐えられるほど、ヴィクトリアは強くない。

「ふ……ぇ……っ」

本当は——ずっと、怖かったから。

母が亡くなってから今まで、ずっと、怖くてたまらなかったから。

頼っていい相手も心から信じられる相手もいない世界で、ひとりで生きていかなければならない。

そんな子どもの気持ちなど、実際にそうなってみなければ絶対に誰にもわからない。

けれど、弱音を吐ける場所さえなくて、だからそのときそのときにやれることを、ただがんばる

ことしかできなかった。

「……よく、がんばったな。今まで、よくがんばった」

低くささやかれる声の後そっと肩を引かれて、温かな胸の中に閉じこめられる。

今までに何度か交わした挨拶(あいさつ)の抱擁(ほうよう)とは、まるで違う熱に、めまいがした。

「だけどもう、そんなにがんばらなくてもいいんだ。……おまえは、オレの世界を変えてくれた。おまえが、オレの知らないところでひとりで泣いているのはいやだ。だから——これからは泣きたくなったら、オレを呼べ」

ひとりで泣くのは、寂(さび)しい。

……その寂しさを、きっとリージェスも知っているのだろう。

だから彼は、こんなに優しくしてくれるのかもしれない。

それとも何か、別の理由があるのだろうか。

わからない。

わからない——けれど。

「リージェス、さま……」

「……なんだ?」

今はただ、嬉しくて泣きたい。

「よく……覚えて、いないのですけれど」

「うん?」

「小さい頃に、泣いていたら……お父さんも、こうやって慰めてくれたような、気がします」

本当に淡い、かすかな記憶。

――確かに遠い昔、柔らかくて甘いにおいのする母とは違う誰かに、こうして抱きしめてもらったことがある。

こんな風に温かくて、力強い誰かの腕に。

「……そうか」

「はい」

ずっと胸の奥底によどんでいた寂しさと冷たい恐怖は、もうどこかへ消えていた。

＊　＊　＊

目を覚ましたとき、ヴィクトリアは一瞬、自分がどこにいるのかを把握し損ねた。

高い天井も、そこに描かれた精緻な紋様も、たった今まで見ていた夢に出てきた景色とは、まるで違うものだったから。

何度か瞬きをくり返してようやく、ここがラング家で、与えられた自分の寝室なのだと理解する。

ほう、と息を吐いて、ヴィクトリアはゆっくりと両手を上に伸ばした。

よほどしっかりと眠ることができたのか、驚くくらいに頭がすっきりしている。

（子どもの頃の夢なんて、久しぶりだな……）

——とても優しい夢を見ていた。

幼い頃の自分が、両親と一緒に野原にピクニックに出かける夢。

父の顔はやっぱりぼやけたままだったけれど、母や自分と一緒に笑っていることは感じた。笑いながら駆け寄って抱きつくと、自分の体を軽々と抱き上げて空に近づけてくれた。

あれは遠い記憶か——それとも、ただの願望だろうか。

どちらでもいい。

ただ、夢の中の自分はとても幸せだった。

こんな風に気持ちよく目覚めることができたのも、随分久々な気がする。

……きっと昨日、リージェスが泣かせてくれたからだ。

ずっと胸の中に溜めこんでいた重いものを、全部涙と一緒に流してしまえたのだろう。

まるで小さな子どものように泣きじゃくってしまうなんて、ひどく恥ずかしいことだったのかもしれないけれど、不思議とそんな風には感じなかった。

ただひたすらに温かく、心地よくて——安心した。

もうひとりではない、と言ってくれた彼の声。そして、抱きしめてくれた腕のぬくもりが、その言葉が確かに本当なのだと信じさせてくれた。

それが嬉しくて、胸の奥がじんわりと温かくなってくる。

リージェスは、本当に優しいひとだと思う。

自分もリージェスのように、誰かに優しくできるようになりたい。

彼に優しくしてもらって本当に嬉しかったから、少しでもその幸せを返せるようになりたい。

自分の手は本当にちっぽけだ。

けれど、そんな自分の手でも、できることがきっとあるはずだから。

（……ぃよしッ！）

ぐっと指を握りこみ、ヴィクトリアは勢いよく体を起こした。ベッドを出ると、ひんやりとした空気に包まれる。

寝間着の上から温かなガウンを着込んで、ヴィクトリアは寝室からバルコニーへ続く扉を開いた。

（寒っ！　当たり前だけど、寒ー！　でも朝日がぴかぴかで、とっても気持ちいいです！）

早朝のバルコニーから見える美しく整えられた中庭は、太陽の光をまとい、明るく輝いていた。

すぅっと深呼吸をすると、体中が清められていくような心地がする。

大丈夫だ、と思う。

昨日までの子どもじみた強がりじゃなく――本当に、大丈夫だと。

（うん……大丈夫）

今まで、いろいろなことがあった。わからないことも、不安なことも。これからだって、自分が受け止めなければならないことはまだまだたくさんあるのだろう。

それをヴィクトリアはひとりでやるのだと思っていた。

けれどこの皇都で――『楽園』での生活の中で、優しくしてくれたひとは、いっぱいいた。

リージェスをはじめ、シャノンやランディ、友人となったクラスメートたち。それに、ヴィクトリアとはなんの面識もないのに、オリヴィアに絡まれていたときにランディに知らせてくれた生徒もいた。

ひとに優しくするのに、理由なんていらないのだと思う。

自分に優しくしてくれたひとの中には、そんなことなど忘れているひともいるかもしれない。けれど、どんなささやかな「優しさ」であっても、それを受け取るたびに胸の奥がじんわりと温かなもので満たされた。

そんな風に、少しずつ積み重なるもの。

思い出すたびに嬉しくなって、柔らかな気持ちになれるもの。

それは多分、幸せというものだから。

（……幸せになるって、結構簡単なのかもしれないなー）

自分はやっぱりまだまだ子どもで、難しい世の中のことなんて何ひとつ知らない。だから、こんな風に単純に考えられるのだろうか。

どんなにつらいことがあっても、自分の思い通りにならないことばかりでも、ひとの優しさに触れる。それだけで、簡単に幸せになれる、なんて。

もし否定するひとがいても、自分がいろいろなひとの優しさのおかげで幸せな気分になれたのは、本当だ。

今の自分には、優しくしたい、と思うひとたちがいる。

それはきっと、とても幸せなことなのだ。

（うん！　母さんもよく、人生なんてのは楽しんだモン勝ちだって言ってたし！）

そう思ったところで、ヴィクトリアはなんともいえない気分になった。

もし母が本当にこの国の皇女だったなら、ヴィクトリアも立派な皇族の血筋である。

つまり――お姫さま。

ヴィクトリアは、ごふっと噴き出した。

くっくっと笑いがこみ上げてきて、止まらない。

（都から遠く離れた田舎育ちの女の子が、実は皇国のお姫さまだったのですー。……って、どこのおとぎ話ですかッ）

自分のことながら、改めて考えてみると実に波乱万丈で、笑うしかない人生である。

ヴィクトリアはしばしの間、わきあがってくる笑いに身を任せた。

ようやく落ち着いたところで、はぁ、と息をつく。

（あー……。お腹、痛い）

ちょっと、笑いすぎた。

けれど笑ったおかげで、すっかり気が楽になった。

思いきり腕を伸ばし、ヴィクトリアは大分寒さに慣れた体をほぐす。

とりあえず、どうにもならないことは考えるのをやめて、目先の楽しいことを考えはじめる。

ランディが誘ってくれた『楽園』のお祭りとは、一体どんなものなのだろうか。

ヴィクトリアは今まで祭りといえば、故郷での春の訪れを祝う花祭しか経験したことがない。

豊穣の女神の訪れを願い、子どもたちが可愛らしい格好をして踊る花祭は、とても楽しかった。

『楽園』のお祭りでは、どうやらおいしいものもあるようだし、想像するだけでわくわくする。

ランディには、女の子バージョンで来るように言われている。そうなると、祭の案内をしてくれるリージェスと並んでも恥ずかしくない格好をしなければなるまい。

自分だけなら誰に何を言われようとどうでもいいが、『楽園』に通う青少年にとって、エスコートする相手の可愛らしさというのは、大問題なはずである。あんまりしょぼい格好で出かけて、彼の『楽園』での立場を危うくする真似だけは、断固として避けたいところだ。

黙ってさえいれば可愛らしいと言われる容姿に産んでくれた母に、ヴィクトリアは改めて感謝を捧げた。

(ふっふっふ……このお屋敷のお食事は、文句を言ったらバチが当たるような、すんばらしいものばっかりですけど、やっぱりたまには庶民の味が恋しくなります。手のこんだソースで食べるお肉も、もちろん素敵です。でも、ただ直火で焼いて塩胡椒だけを振った串焼きは、問答無用でおいしいと思うのですー!)

……母親の出自がどれほど高貴であったとしても、所詮ヴィクトリアは庶民育ちの脳天気な少女なのだ。

そんなヴィクトリアに、「長時間にわたって何かを深く思い悩む」という才能は、ない。

毎日てくてく一歩ずつ、目の前の道をただ歩いていくのである。

新＊感＊覚　ファンタジー！

異世界で最高の
お仕事見つけました。

異世界で失敗しない100の方法１～２

青蔵千草（あおくらちぐさ）

イラスト：ひし

就職先がなかなか決まらず、大好きな異世界小説に思いを馳せて現実逃避中の相馬智恵（そうまちえ）。今日も面接を終え、いつもと同じく肩を落としながら帰っていると突然足元がグラついて、なんと本当に異世界にトリップしてしまった!!　異世界知識をフル回転させた彼女は、性別を偽って「学者ソーマ」に変身したのだが――？
異世界攻略完全マニュアル系ファンタジー！

詳しくは公式サイトにてご確認ください。

http://www.regina-books.com/

携帯サイトはこちらから！

コンビニごとトリップしたら、一体どうなる!?

大学時代から近所のコンビニで働き続ける、23歳の藤森奏楽(ソラ)。今日も元気にお仕事――のはずが、何と異世界の店舗に異動になってしまった! 元のコンビニに戻りたいと店長に訴えるが、勤務形態が変わらないのに時給が高くなると知り、奏楽はとりあえず働き続けることに。そんなコンビニにやって来る客は、王子や姫、騎士など、ファンタジーの王道キャラたちばかり。次第に彼らと仲良くなっていくが、勇者がやって来たことで、状況が変わり……

◉定価：本体1200円+税　◉ISBN978-4-434-20199-8

◉illustration：chimaki

灯乃（とうの）
北海道在住。2011年よりWebにて小説の発表をはじめ、2013年出版デビューに至る。特技は蕎麦打ち。ただし、蕎麦つゆは作れない。

イラスト：麻谷知世

本書は、「小説家になろう」（http://syosetu.com/）に掲載されていたものを、改稿・改題のうえ書籍化したものです。

おとぎ話（ばなし）は終（お）わらない

灯乃（とうの）

2015年 3月5日初版発行

編集－見原汐音・宮田可南子
編集長－塙綾子
発行者－梶本雄介
発行所－株式会社アルファポリス
〒150-6005 東京都渋谷区恵比寿4-20-3 恵比寿ｶﾞｰﾃﾞﾝﾌﾟﾚｲｽﾀﾜｰ5F
TEL 03-6277-1601（営業） 03-6277-1602（編集）
URL http://www.alphapolis.co.jp/
発売元－株式会社星雲社
〒112-0012東京都文京区大塚3-21-10
TEL 03-3947-1021
装丁・本文イラスト－麻谷知世
装丁デザイン－ansyyqdesign
印刷－中央精版印刷株式会社

価格はカバーに表示されてあります。
落丁乱丁の場合はアルファポリスまでご連絡ください。
送料は小社負担でお取り替えします。

ISBN978-4-434-20330-5 C0093